NUEVAS VOCES DE LA NARRATIVA MEXICANA

JOAQUÍN MORTIZ • MÉXICO

serie del volador

Nuevas voces de la narrativa mexicana

Antología de cuentos

Tatiana Buch • Nicolás Cabral • Alberto Cascante
Alberto Chimal • Bernardo Fernández *BEF*
Julieta García González • Vanesa Garnica
María José Gómez • Juan José Gutiérrez P.
Jorge Harmodio Juárez • Julián Herbert
Francisco de León • Óscar Alejandro Luviano
Tryno Maldonado • Fabrizio Mejía Madrid
Will Rodríguez • Eduardo Rojas Rebolledo
Pepe Rojo • Kyzza Terrazas • Socorro Venegas
Gabriel Wolfston • Heriberto Yépez

COLECCIÓN: Narradores contemporáneos / Serie del Volador

Diseño de portada: Ana Paula Dávila

Editorial Planeta Mexicana, S.A. de C.V.
Avenida Insurgentes Sur núm. 1898, piso 11
Colonia Florida, 01030 México, D.F.

Primera edición: septiembre del 2003
ISBN: 968-27-0945-8

www.editorialplaneta.com.mx

NOTA DE LOS EDITORES

¿Quiénes serán los escritores de los próximos años? ¿Quiénes harán el relevo generacional? ¿Hay tendencias, indicios, rupturas? ¿A dónde va nuestra literatura? Éstas fueron algunas de las preguntas que nos planteamos al idear la presente antología de cuentos de narradores inéditos nacidos a partir de 1968.

Nuevas voces de la narrativa mexicana, que surge como una celebración de los 40 años de la editorial Joaquín Mortiz, es un intento de reunir las búsquedas literarias que se están realizando en México. Aunque hay un buen número de autores nacidos desde 1968 que ya han publicado (y algunos con notable éxito), nos pareció que a partir de ese año empezaba otra generación, y que ésas eran las voces que queríamos reunir. El requisito fundamental era que los autores seleccionados aún no estuvieran publicados en editoriales de presencia efectiva en las redes comerciales del libro (como Joaquín Mortiz y unas cuantas más); que su trabajo, aunque hubiera aparecido de manera restringida con editores locales o estatales, fuera poco conocido por el gran público al que aspira llegar este libro. La selección la hicimos a partir de invitaciones directas. No hubo una convocatoria abierta, sino que reunimos direcciones electrónicas y teléfonos, primero con quienes ya teníamos contacto, y después gracias a las valiosas recomendaciones de amigos escritores: María Baranda, Mario Bellatin y su Escuela Dinámica de Escritores, Agustín Cadena, Luis Humberto Crosthwaite, Álvaro Enrigue, Guillermo Fadanelli, Claudia

Guillén, Francisco Hinojosa, José Agustín, Norma Lazo, Carlos Martínez Rentería, Isaí Moreno, Jaime Muñoz Vargas, Jorge Ortega, Pedro Ángel Palou, Eduardo Antonio Parra, Juan José Rodríguez, Antonio Saborit, Daniel Sada, Guillermo Samperio, Martín Solares, Gerardo de la Torre, David Toscana, Víctor Hugo Vázquez Rentería, Guillermo Vega Zaragoza, Juan Villoro y René Roquet, quien desde la oficina de Jóvenes Creadores del FONCA nos facilitó las coordenadas de los becarios de los últimos años. Sabemos que no pudimos contactar a todos los jóvenes que hoy están eligiendo el oficio de escritor, pero estamos convencidos de que los 22 incluidos en esta antología representan sólidas propuestas narrativas y que su desarrollo es prometedor.

Reunimos 196 cuentos que leímos atentamente en un periodo de tres meses. Fue un trabajo arduo y enriquecedor: ver desde adentro la gestación de concepciones literarias y búsquedas estéticas generó inquietudes y discusiones sobre el estado de nuestra literatura. La selección final se hizo a partir de más de 40 cuentos que por diversas razones nos habían parecido relevantes, y los 22 últimos fueron aceptados por su calidad literaria y las historias que relataban. No sobra decirlo: toda selección, al final, es subjetiva, y ésta no aspira a ser la excepción ni a dar la última palabra.

La antología reúne un amplio espectro de estilos literarios. La pluralidad que aquí se presenta nació de un proceso de selección riguroso, en donde el único requisito fue la calidad. La diversidad del resultado nos dice mucho: hay un amplio abanico de posturas creativas que conviven en el espacio de la palabra; desde los textos fantásticos hasta los realistas, los intimistas y los coloquiales, todos asumen un riesgo para contar su historia, y eso nos parece más relevante que suponer la superioridad de alguno. Por otro lado, también hay gran diversidad en cuanto al origen de los narradores: casi la mitad de ellos nacieron fuera de la capital de la República.

A simple vista, por una parte, se advierte una continuidad de las tendencias literarias consolidadas en la segunda mitad del siglo pasado, además del crecimiento del género fantástico, influido por el cine, el cómic, la televisión y la literatura de ciencia ficción: es innegable el desarrollo que ha tenido y difícil prever cuál va a ser su evolución. Por otra, la ausencia de propuestas de renovación de los géneros (salvo en uno o dos casos), es una constante.

Lo cierto es que estos 22 autores y todos los nuevos narradores tienen que alcanzar su propia identidad literaria y, además, conocer la realidad del mercado en el que se inician. Al respecto, hace unos meses Juan José Saer advertía:

> Hoy todo mundo se declara formalista y proclama la autonomía del artista y el arte. Es la *ideología oficial* del mercado artístico en la sociedad actual. Sin embargo, a pesar de esas insistentes declaraciones de independencia, no es difícil observar las muchas servidumbres que pesan sobre la literatura, no únicamente la sumisión del escritor a las exigencias del mercado, cuyas leyes trabajan contra toda tentativa de innovación, sino también la falsa libertad temática, que, banalizando pretendidas transgresiones, se contorsiona en los límites estrechos que fijan los nuevos tabúes juiciosamente respetados ... Los que con más fanatismo proclaman la libertad del escritor y la preeminencia de la forma, son justamente aquellos que, con fines comerciales, transigen con las más exorbitantes exigencias del mercado.

Aunque hoy en día parece más evidente, esta disyuntiva siempre ha oscilado sobre la literatura. Éste es uno de los grandes retos que enfrentarán los narradores del futuro.

Radiografía de nuestra narrativa joven, acercamiento al desarrollo de diversas propuestas literarias, esto es y será *Nuevas voces de la narrativa mexicana*. Esperamos que su valor, antes que otra cosa, resida en el placer de la lectura. La elucubración sobre las pistas que pueda dar sobre el futuro de nuestra narrativa es secundaria, ya que al final todos los escritores se enfrentan al mismo conflicto milenario, tengan la edad y experiencia que sea: ¿cómo y qué historia contar? Para superar esta prueba mitológica, sólo la tenacidad los podrá llevar a la otra orilla, pues como dice César Aira, "un escritor llega a ser bueno cuando ha aprendido muchas cosas y ha leído muchos libros. No hay un buen escritor salvaje, de eso estoy convencido, por lo menos no lo hay en nuestros tiempos. Hay que hacer un largo camino de estudio, lectura, reflexión". Esperamos encontrar a estos 22 en la otra orilla.

Tatiana Buch

TARCISO CANTÓN

Gao Ken había querido escapar a su destino; se enlistó, entonces, como tripulante del *Lion Sea* y, durante algunos días, pensó que sería para siempre un hombre de mar. Sin embargo, no tenía las vísceras para ello. Había sido contratado como ayudante de cocina, pero al cocinero filipino no le simpatizaba que Gao se sujetara de las mesas ante cualquier movimiento del barco, así que una mañana ennegrecida por una amenaza de tormenta el cocinero lo arrojó a cubierta y Gao tuvo que enfrentar la furia de la naturaleza asido con todas sus fuerzas a un pretil.

Dejó, pues, de servir en la cocina; permanecía tirado, rodeado por sus vómitos, y fue un arrebato de piedad del capitán lo que lo salvó en el instante en que iba a ser arrojado al mar por sus compañeros cansados de su vida inútil. Se vio obligado a entrar en la galería donde sus paisanos aguardaban el arribo del buque a tierra firme. Entró con la cara baja, avergonzado de mostrarse derrotado ante quienes le habían manifestado respeto cuando les repartía su porción diaria de arroz. Él había sido de los pocos chinos que habían tenido la fortuna de formar parte de la tripulación. Y tuvo que luchar, como el intruso que era, para poseer un espacio de suelo donde tenderse.

Permaneció postrado el resto del viaje, seis semanas en total. En realidad no había espacio para caminar y desentumir las piernas, ni siquiera para cambiar de posición. La galería estaba tapizada de chinos que habían sido contratados para trabajar durante tres años en las haciendas henequeneras de Yucatán. La única oportunidad que tenían para estirar un poco sus cuerpos era la muerte de algún compañero de alrededor. Entonces, entre tres o cuatro hombres empujaban al muerto por una de las pequeñas ventanas abiertas en lo alto del muro y el cadáver caía en el océano, como también los excrementos humanos y las ratas que los propios pasajeros desechaban por los ventanucos.

Un buen día, finalmente, cuando el puerto de Cantón había quedado a innumerables amaneceres de distancia, los pasajeros escucharon un alboroto de júbilo entre la tripulación: habían entrado en Salina Cruz. Gao se incorporó a la multitud de chinos que bajaban del *Lion Sea*. También a él las autoridades de migración le entregaron un documento de entrada al país donde venía escrito el nombre que se le había asignado: Tarciso Cantón.

Tarciso y los otros trescientos chinos recién *bautizados* fueron puestos en los vagones de ferrocarril que los llevarían hasta el otro extremo del país: puerto de Coatzacoalcos, Veracruz. Tarciso Cantón, antes de emprender camino por su cuenta, había elegido soportar como propias las miserias de sus compatriotas, y sólo apartarse cuando llegara a la ciudad destinada para ellos. El recorrido duró tres días, durante los cuales no se les permitió apearse del tren. Les llegaban a través de las ventilas algunas naranjas rancias y unas láminas harinosas ligeramente amarillas.

En Coatzacoalcos habrían de embarcarse nuevamente, ahora hacia el puerto de Progreso. No le fue fácil a Tarciso volver a adentrarse en las aguas, y, a no ser por un mulato de la zona que le compartió de su aguardiente a cambio del sombrero triangular que le caía sobre la espalda, nunca hubiera pisado tierras yucatecas. En Progreso, aquel grupo de hombres con coleta trenzada y ojos rasgados que llevaba ochenta y siete días de viaje, subió a otro ferrocarril que los depositaría, finalmente, en la estación de la Mejorada, en la ciudad de Mérida.

Quizás la serenidad del ambiente le indicó a Tarciso, al bajar del tren, que el viaje había terminado. En lugar del alboroto de los puertos, se escuchaban sólo los murmullos de la gente que paseaba por los pasillos de la estación sumida en una contagiosa placidez. Soplaba la brisa de marzo y los vestidos de las vendedoras, que recibían con sus canastas cargadas de golosinas a los pasajeros, se meneaban ligeramente. Eran mujeres pequeñas y oscuras, no tan distintas de las mujeres que él conocía. También los lugareños varones le resultaron curiosamente familiares; parecía que tras un interminable trayecto había arribado tan sólo a un país vecino. Empero, el blanco que lo envolvía todo como si se tratara de un sueño le afirmó que entre ellos mediaba un gran océano. Se sentó junto a los otros chinos afuera de la estación; desde allí podían perder sus miradas en la ciudad. No existían en ésta los rojos, amarillos o verdes esmeralda de su país, mucho menos los plateados y dorados. Los edificios eran pálidos, y en los vestidos blancos de cuanto personaje cruzaba su campo de visión, no hallaba Tarciso los motivos luminosos que estaba acostumbrado a ver en las calles de su ciudad de Lienping. Se figuró que una gran tragedia había acaecido en la ciudad; el blanco era para él un color de luto y temió que la mala suerte que merodeaba en el ambiente se apoderara de él.

Tarciso no fue el único en temer los azotes de la mala suerte. Entre sus compatriotas se produjo un murmullo de inusitados gemidos. Como el zumbido de un enjambre de abejas que no tarda en extenderse, las voces lloraban sus tragedias en un intento patético por desviar de sí la atención de los dioses malignos para que éstos se inclinasen mejor por unas víctimas con buena estrella. Querían dejar establecido que estos chinos particulares, cuyos lamentos recorrían la explanada de la estación de ferrocarril, ya habían sufrido lo suficiente.

El contratista, por su parte, un norteamericano de Nueva Orleáns, corpulento y de bigote cobrizo, intentaba sofocar con su sombrero los gemidos de los extranjeros. Unos gendarmes aparecieron y le ordenaron al contratista que callara a su gente; los bofetones que optó por repartir, sin embargo, no surtían efecto.

Al poco tiempo hizo su aparición un carruaje con un elegante señor dentro, quien, vestido de lino blanco y sombrero panameño, miraba desde su asiento a la masa de chinos. Éstos se mecían en el césped mientras repetían sus letanías. El hacendado parecía enfadado. El contratista Summers corrió hasta el coche.

—*I asked for workers Mr Summers, not for lunatics* —vociferaba don Augusto Cámara desde el asiento de su carroza descapotada.

No sabemos si Summers dijo algo en su defensa, sólo se escuchaba la voz del hacendado, la que, poco a poco, iba sofocando los gemidos de los chinos. Al parecer, su propio administrador, sentado a un lado suyo en el coche, fue quien convenció a don Augusto de que firmara el contrato: el hacendado adquiriría por tres años como trabajadores de campo a cuarenta chinos con un sueldo de seis pesos la jornada, y Summers, por su esfuerzo, recibiría una buena suma. Él, personalmente, se dispuso a escoger a los trabajadores. Caminaba entre los chinos y cuando alguno de ellos le llamaba la atención le ordenaba, con la punta plateada de su bastón de bambú, que se levantase. El chino obedecía entre murmullos y, si todavía le simpatizaba, siempre con su mismo bastón, don Augusto le señalaba que se apartase de aquella masa humana.

Tarciso presentía que su mala suerte atraería hasta sus pies aquel bastón y temía verse orillado a trabajar en el campo. A Tarciso no le agradaba el trabajo de campo. Su padre, tíos y hermanos eran todos jardineros, pero él detestaba pasearse por los surcos con un palo atravesado en la espalda y dos cubos de agua sostenidos del mismo; detestaba enterrar sus uñas en la tierra húmeda.

Encima de ello, aunque era el único chino que podía largarse, pues ningún contrato lo detenía, carecía de la determinación necesaria para ponerse de pie e irse cuando el americano no lo viera. La ciudad blanca lo mortificaba. Optó, pues, por clavar la cabeza entre sus piernas y rezar para apartar de sí la mirada del hacendado. Así permaneció durante varias horas. Arribaron otros hacendados y se fue vaciando la explanada. Cuando empezaba a oscurecer, Tarciso se atrevió a mirar a su alrededor: le hacían compañía sólo cuatro chinos con semblantes débiles.

Por un momento, Tarciso Cantón sintió alegría; el peligro había pasado. No así sus compañeros, quienes lloraban por no haber sido elegidos para el trabajo. Entonces recordó que era tiempo de afrontar la ciudad. Lo haré —se dijo—, los dioses están de mi lado. Mas como la noche se aproximaba, prefirió esperar hasta el amanecer.

Era la primera de muchas noches en la que había podido ocupar un espacio de suelo del largo de su cuerpo. El cielo brillaba y el aire placentero lo mimaba con suaves caricias. Hubiera preferido mantenerse en vela, alerta en esa extraña ciudad de luto. Pero su cansancio resultó más fuerte que su cautela. Lo despertaron con un sobresalto los primeros rayos del sol. Aun así, se sentía animado por el descanso obtenido, sorprendido amablemente por la tranquilidad que la noche le había brindado a él, un completo extranjero.

—En cuanto pueda vengo por ustedes —dijo Tarciso a los chinos de cara huesuda y miembros temblorosos que yacían a su lado. Era la primera vez que se dirigía a ellos.

Sacudió su camisón azul y sus pantalones grises con energía y se adentró en la ciudad. Su larga trenza se balanceaba sobre su espalda al ágil ritmo de sus pasos. La buena noche le había devuelto la confianza y presentía que, así como la claridad del sol se abría paso entre el azul espeso del cielo, su nueva suerte dispersaría el panorama nefasto que lo había envuelto desde su salida de Cantón. A la manera de los chinos, Tarciso saludaba cortésmente con un movimiento de cabeza a cuanta persona cruzaba su camino. Era gente bella, de piel morena y cabello lacio. El joven oriental lanzaba miradas a los pies de las mujeres y comprobaba, para su agrado, que gozaban de pies pequeños.

Las calles eran cada vez más recurridas por transeúntes que, con paso decidido, se integraban al ir y venir de las aceras. La ciudad comenzaba a gustarle, no estaba acostumbrado a tanta limpieza, y en lugar de hallar el aire de tragedia que esperaba, encontró una brisa de tranquilidad y bienestar. Las casas ovaladas de techo de palma le parecieron graciosas. Los amplios edificios blancos se conservaban en buen estado. Decidió, para no sentirse tan perdido, pues nunca antes había caminado sin rumbo, alcanzar el par de torres altas que sobresalían a través de los mismos. Así llegó a la Plaza Grande y recargó su espalda contra el muro de la Catedral, cuyas torres le habían servido de referencia. Se rascó la cabeza y sintió vergüenza por llevar el pelo del cráneo tan crecido; hacía muchos meses que no se afeitaba.

Anduvo nuevamente, esta vez con menos ánimos, pues adivinaba que su aspecto no era el adecuado para conseguir trabajo. La muchedumbre frenaba su avance. Se hallaba en los albores del mercado. El ambiente mercantil le era familiar. Permaneció de pie junto a unos vendedores de papaya. Anhelaba una oportunidad para incorporarse al círculo económico que se gestaba frente a sus ojos. El dinero cambiaba de manos sin que pudiera nadie retenerlo; a ratos caía al suelo y desaparecía otra vez en una mano ágil que lo calentaba en el bolsillo durante algunos minutos.

Tarciso se percató, de pronto, del hambre que lo aquejaba. Abandonó entonces su puesto de observación y se dispuso a recoger todo lo que la gente, en estas tierras de abundancia, desechaba sin más: vísceras de animales, cabezas, hojas marchitas de col y los rabos de toda clase de hortalizas. Por primera vez desde su fracaso como marinero tenía esperanzas de regresar a su patria con los bolsillos llenos. Y mientras mascaba, sentado en el borde de la acera, unos largos rabos de zanahoria y valoraba la bonanza de este país blanco, lo cautivaron las voces de dos muchachitos cuyas piernas acababan de rozar su hombro derecho. Creyó comprender sus palabras mayas y salió tras de ellos preso de una fuerte palpitación. Los seguía unos pasos atrás, un tanto agachado para escucharlos mejor. No era chino lo que hablaban, ciertamente; Tarciso, no obstante, sabía lo que estaban diciendo. Ellos, en cuanto se percataron de que un sujeto de trenza larga les pisaba los talones, se soltaron a correr tan rápido como se lo permitían sus pequeñas piernas. El chino no se quedó atrás y los hubiera alcanzado si no se lo hubiera impedido un compacto grupo de mercaderes. En medio de la confusión, Tarciso resultó aprehendido.

Durmió un par de noches en una celda, y la mañana en que lo soltaron volvió al mercado en busca de esos pequeños cuyo idioma comprendía. Los mercaderes que parecían reconocerlo le gritaban que se fuera, pero para su sorpresa los insultos que le proferían eran en la misma lengua que hablaban aquellos muchachitos del otro día. Tarciso se presentó ante un sujeto joven que llevaba el torso desnudo y parecía divertirse con los gestos y gritos que las mujeres lanzaban al oriental. Tras una cortés inclinación le preguntó directamente en chino que dónde podría encontrar trabajo. El nombre del sujeto era Alfonso; tenía pómulos pronunciados y nariz aguileña. Le dijo, sin más, que lo siguiera. Tarciso pareció entender, porque enseguida atravesaron juntos el mercado.

Tarciso Cantón llevaba una semana de cargador en el mercado. Su trabajo comenzaba de madrugada y para las once del día ya se paseaba por las calles de Mérida. Ganaba poco; por las noches, regresaba al mercado y se acomodaba en un rincón de las escalinatas; se cubría con un costal usado. Tan pronto como ahorró un poco de dinero, se pagó un baño. Hacía cuatro meses que su cuerpo no tocaba el agua. Y como por arte de magia, los lugareños comenzaron a acercársele. Su jefe le otorgó un pequeño aumento.

En cuanto tuvo otros centavos más, compró un bloque de hielo, dos medidas de sal y un par de baldes viejos y acudió con el fabricante de helados. Algunas tardes, Tarciso le había ayudado a cargar bloques de hielo. Ahora deseaba que le vendiera seis litros de helado de limón y otros seis de crema.

—¡Vete, pues, Chino! —le gritó el fabricante tras entregarle el helado a un precio justo. Tenía que reconocer que el chino le había ganado la negociación a base de puras señas y palabras extrañas.

Tarciso recorrió, durante dos años, los barrios de Mérida, primero sólo con sus dos baldes llenos de sorbete, y después con una carretilla donde acomodaba sus baldes.

—Solbete, Malía, compla solbete —canturreaba Cantón, quien para entonces había aprendido algunas palabras de castellano.

Estaba contento. Cuando volvía al cuarto que alquilaba, el dolor de espalda le hacía pensar en su tierra. Se preguntaba si su padre seguiría afligido. Él, Gao Ken, ahora Tarciso Cantón, lo había ofendido al comunicarle que le daría la espalda a sus labores de jardinero y a varios siglos de tradición familiar. Tarciso quería una vida mejor; ser algo más que un jardinero lleno de dolores, contratado para siempre en una casa señorial. Sobre todo deseaba casarse con una mujer bonita; ser el padre de sus propios hijos; llegado el momento, ellos cuidarían de él. De haber permanecido en Lienping, habría tenido que resignarse a una vida de soltero, un pobre jardinero soltero con dolores de riñón. Sus hermanos mayores estaban casados y ya no había espacio en la pequeña casa de sus padres para que el joven Ken trajera una esposa y criara hijos. Pero una mañana, un barquito de madera que se mantenía a flote en el estanque del jardín de lotos de la casa señorial, le trajo a la mente el célebre puerto de Cantón. Más de dos veces lo había visitado en compañía de su padre, quien andaba siempre en busca de algunas semillas exóticas para el claro del jardín. El muchacho había escuchado a los hombres del café decir que en los grandes buques se recibía a todo tipo de gente que quisiera trabajar.

Al norte del centro de Mérida, en el barrio de Santana, vivía otro chino de nombre José, quien había llegado, varios años atrás, desde la frontera norte del país a trabajar en el henequén y ahora tenía una lavandería. Tarciso había oído hablar de él por su amigo Alfonso, el del mercado. Había puesto mucha atención, aunque no había hecho nada al respecto.

Tiempo después, se encaminó al negocio donde vivía el susodicho José, y dado que la puerta de la calle estaba abierta, entró sin mayor reparo. Encontró al chino tumbado en su camastro, fumando una larga pipa. Era un hombre de estatura mediana; sus bigotes y perilla exhibían cierta edad. Tarciso se hincó en el umbral de la habitación. Llevó su frente al piso. Sin levantar la cabeza, dijo en tono medroso:

—Respetable anciano, he venido a conversar con usted.

El viejo lo miró en silencio. Surtía de su boca un ligero humo con un agradable aroma dulzón. Su mano recogía la cachimba de sus labios y la reintroducía en ellos casi inmediatamente. Tarciso continuaba hincado con la cara agachada y las manos apoyadas sobre el piso. Estuvo largo tiempo sin moverse, por temor a encolerizar al viejo. Éste terminó su pipa y durmió un rato.

—¿Por qué no te había visto? —dijo finalmente el viejo con los ojos aún cerrados.

—Trabajo en el sur de la ciudad, vendo sorbetes —contestó Tarciso, ya de pie, las manos entrelazadas sobre los muslos—. Y no tengo dinero para apostar a las cartas con ustedes.

—¿Quién te dijo que nos reunimos? —continuó el viejo, tras una pausa.

—Alfonso, un amigo maya.

—Mmm. Yo también tengo amigos mayas, con ellos me entendí antes que con los blancos. ¿Hablas el español?

—Un poco.

José abrió los ojos y recorrió con la mirada a su paisano. Era aún joven, de hombros rectos, no tenía más de treinta años, su rostro liso era adornado por tres lunares que le daban un aspecto gracioso. El viejo bajó del camastro y se puso una camisa recién planchada; se abotonó el pantalón y se enjuagó la boca en una palangana.

—Siéntate —le ordenó al joven, mientras salía de la habitación—. Tengo que abrir el negocio.

Tarciso obedeció y esperó al viejo hasta que la noche le sobrevino. El viejo entró en la habitación y le preguntó el motivo de su visita:

—Respetable anciano —pronunció nuevamente Tarciso—, tengo deseos de conversar con usted.

El viejo le indicó con los ojos que continuase.

—Escuché decir que usted es dueño de esta lavandería y quiero comprársela.

—Bien… —murmuró José mientras sacaba unas hierbas secas de una bolsita de papel.

—Tengo ahorrados sesenta monedas de plata y cuarenta centavos. ¿Cuánto pide por ella?

El viejo echó las hierbas al agua que hervía en la hornilla.

—La lavandería no está en venta.

—Lo sé —replicó Tarciso como si se esperara esa respuesta, y continuó—: pero usted pronto estará cansado y no tiene familia. Yo podría cuidar de usted.

—El dinero que me ofreces es muy poco. Te faltarían muchos años de vender sorbetes para poder comprar mi negocio.

Antes de despedirse, Tarciso tomó una taza de té con el dueño de la lavandería. Se retiró para volver dos años más tarde. Lo encontró nuevamente en el camastro fumando su misma pipa larga.

—¿Y bien? —preguntó el chino José en cuanto divisó a Tarciso en el umbral de la habitación.

—Le traigo ciento diez monedas de plata.

—Aún es poco —repuso el otro, sumido en sus pensamientos.

—Respetable anciano, su barba comienza a crecer. Pronto necesitará que lo cuiden.

—Vuelve en unos años.

Unos años más tarde, Tarciso volvió con ciento noventa monedas de plata. El chino José sentía ya el peso de los años en sus piernas. Dentro de poco tiempo requeriría de alguien para que lo cuidara.

El viejo instruyó a Cantón en los indispensables de una lavandería china. La primera mañana la ocuparon en el lavado de calcetas y pañuelos; siguieron las camisas de lino y de seda. Tarciso tuvo que dominar las exigencias de dichas prendas para acceder, después, a la instrucción sobre los vestidos de noche que les encomendaban las esposas de los hacendados. Finalmente, instructor y aprendiz dedicaron casi tres semanas a la transmisión de secretos sobre la limpieza de los trajes de lino y casimir que los clientes traían desde Europa. Tarciso amaba su profesión y aprendía con gusto. Al cabo de un año, cuando ni una sola mancha tratada por el discípulo dejaba el más mínimo rastro, José le enseñó a planchar, a usar las tenazas para los encajes y a fabricar las mezclas para quitar las manchas en seco.

Una mañana, el chino José permaneció en su camastro. Le había confiado todos los pormenores de la profesión a un sucesor digno. Así es que se quedó tumbado hasta mediodía mientras éste salía a abrir el negocio. Esa misma tarde, Tarciso mandó cambiar el letrero de la entrada. Ahora informaba, en letras rojas: Lavandería Cantón.

Sus años de mercachifle de sorbetes se habían perdido en el pasado. Tarciso tenía dinero sonante y un empleado que le ayudaba con la carga de trabajo. El chino José, por su lado, dormitaba la mayor parte del día y, en sus horas de vigilia, entrenaba a un grillo de pelea. En ocasiones visitaba el casino de sus paisanos. Conservaba todavía cierta viveza para las cartas. Tarciso cuidaba de él como si se tratara de su propio padre allá en Leinping. Le preparaba él mismo la comida, lo bañaba y le rellenaba su cachimba con tabaco húmedo; le trenzaba su blanco pelo y le afeitaba la parte superior de la cabeza. Pero, a la larga, Tarciso descubrió que llevaba en su interior cierta inconformidad. Anhelaba volver a China, compartir sus riquezas con su familia y honrar a sus ancestros. Habían pasado veinte años, y ahora ansiaba la paz que sólo su patria podría brindarle.

—Respetable anciano —apeló Tarciso durante el almuerzo—, es tiempo de regresar. Deseo honrar a los míos y casarme para también ser honrado.

—La Gran China —suspiró el viejo José, y luego—: mis piernas no llegarán, espera a que muera y entonces me llevarás contigo y me enterrarás con los tuyos.

Tarciso esperó. José tenía ya ochenta y cinco años, Tarciso más de cuarenta. Y el viejo enfermó casi enseguida. Y los ahorros de Tarciso se diluían en las medicinas chinas que viajaban desde San Francisco hasta la Lavandería Cantón, en Mérida. Ésta tenía cada vez más competencia. Los antiguos clientes probaban un establecimiento que les quedara más cerca y, luego, desaparecían. Por las noches, Tarciso buscaba distracción en el casino. Empero, sabía que el dinero que le sobraba era aún suficiente para regresar a su patria triunfante; establecer, allá, un negocio.

Entonces sucedió que, como todas las mañanas, Tarciso puso a calentar las planchas de hierro para detallar las prendas que entregaría por la tarde.

Planchaba una filipina de botonadura de oro cuando llamó a la puerta el chofer de la señora Peón. Tarciso salió a atender a dicha señora, quien lo aguardaba sentada cómodamente en el asiento trasero de su *Fordtinga*. Una sirvienta bajó, una a una, dos grandes canastas llenas de ropa. Enseguida le entregó al chino dos trajes del señor. Al parecer la lavandera estaba enferma, pues la carga de ropa era mayor de lo normal. Tarciso depositó la ropa dentro de una cubeta metálica que, al momento, acomodó en el pasillo junto con las otras cubetas de ropa. Salió otra vez a la calle y le entregó al chofer las canastas; se despidió de la señora Peón.

El viejo José, mientras tanto, había abandonado su cama y andaba con su pipa en la boca y un bastón en la mano derecha. Semejaba una sombra encorvada surcando calmoso la oscuridad del pasillo. Buscaba fuego para encender su pipa. Se acercó, entonces, al fogón donde se calentaban las planchas y extrajo un leño. Se ocupaba en encender su pipa cuando creyó distinguir un olor a quemado: sus bigotes. Aventó el leño y éste fue a dar en el cubo de tintura. El agua colorada, estremecida por el impacto, saltó salpicando, a su vez, la ropa blanca del tercio de cubetas vecinas. El viejo José, avergonzado por haber perdido los bigotes, se instaló discretamente en un rincón del patio a fumar su pipa.

Al día siguiente, Tarciso no abrió la lavandería. Se pasó la mañana entera mirando la ropa manchada. Su desconsuelo era grande. Los encajes de los vestidos: moteados; los ropones y las sábanas de lino: moteadas; las blusas bordadas: completamente echadas a perder. Parte de la ropa para lavado en seco se había librado. Pero toda la ropa que había puesto a remojar en los otros dos cubos había cambiado de color. Después de todo, el blanco resultó un mal augurio. Por la noche, Tarciso fue al casino y ofreció en venta su negocio. Lo vendió por poco dinero, ¿qué podía esperar por un negocio recientemente deshonrado?

Una vez en su casa, Tarciso trabajó durante el resto de la noche: lavó con jabón de coco la ropa que estaba pendiente de entregar, la sancochó y la colgó en las sogas de henequén que tenía en el patio para que el sereno las beneficiara. Después, untó una mezcla de bicarbonato y sal sobre las manchas de grasa en los vestidos de noche y los limpió con vapor de agua. En cuanto dieron con el patio los primeros rayos de sol, entró a encender la hoguera para preparar el té de José. Se cambió de ropa y desenterró sus ahorros de los agujeros de la pared. José lo veía contar el dinero, en silencio. Su otrora aprendiz salió de la habitación y se dispuso a humedecer la ropa en almidón para luego plancharla. Planchó toda la mañana y parte de la tarde. Cuando hubo terminado, se montó en su calesa, que en realidad ya no le pertenecía pues la había incluido en el precio de la lavandería, y se encaminó hacia Paseo Montejo. Recorrió la ancha avenida bordeada por casas palaciegas. Hizo su primera entrega. Para sorpresa de la sirvienta que salió a recoger la ropa, Tarciso no quiso recibir otras prendas que necesitaban lavarse. Continuó con su recorrido y llegó a casa de la señora Peón. Le entregó al portero una canasta con ropa y le dijo en mal castellano:

—Ésta es toda la ropa que puedo entregar, pregunte a la señora cuánto quiere por el resto.

El portero recibió las indicaciones del oriental con indiferencia y se adentró en la casa. No tardó en volver. Desde la reja de hierro que lo separaba de la calle, le comunicó a Tarciso:

—No es posible, la ropa no está en venta.

—Un accidente —replicó Tarciso juntando sus manos a la altura del pecho—, ocurrió un accidente.

El portero no supo qué contestar. Desapareció hacia el interior de la casa. Minutos después, salió la señora Peón:

—¿Qué pasó, Tarciso? —preguntó afligida, y sin esperar respuesta exigió—: ¿Dónde está el resto de mi ropa?

—No hay —pronunció Tarciso, evitando la mirada de la señora—. ¿Cuánto quiere por ella?

—Deme mi ropa, Tarciso —indicó la señora.

Tarciso no se movía; prefería no mostrarle a la señora la desgracia en la que se había convertido su fina ropa.

—¿Cuánto debo pagarle, señora Peón? —repetía Tarciso mientras sacaba de su bolsillo el sobre donde había juntado todos sus ahorros y el dinero de la venta.

—Tarciso, déjeme ver mi ropa, que no ando para juegos.

Entonces, la señora Peón pidió al portero que le abriera la reja y se asomó al carro de Tarciso, buscó entre la ropa recién planchada, pero nada era suyo. En una pérdida de compostura, exclamó:

—Me da mi ropa o llamo a la policía, ¿me oyó?

Tarciso no tuvo más remedio que ir a la lavandería por el resto de la ropa. Lo que había tratado de evitar sucedió: su honor estaba acabado. Depositó la ropa manchada en el suelo del corredor principal de la casa Peón. La señora estalló en un llanto torrencial. Extendía ante sus ojos cada prenda arruinada: sus vestidos de ricos bordados, algunas blusas, dos trajes de su esposo, sus sábanas de lino. Estaba allí, también, el ropón de encajes de bolillo que bautizó a su abuela, a su madre, a ella y que ahora... Bueno, ahora nada. Tarciso sacó la mitad del dinero del sobre y se lo puso en las manos. Pero era inútil.

Finalmente, la elegante señora bajó los ojos para mirar el dinero que Tarciso le había puesto en la mano, respiró hondamente y despidió al oriental. Éste se sentó en el sillón de la calesa y lloró suavemente hasta que detuvo a la mula frente a otra casa palaciega. Se repitió la misma escena, una y otra vez. Para la noche, al chino le quedaba solamente el dinero suficiente para sobrevivir un par de meses con el viejo José en un cuarto pequeño. Y tan pronto como hubo empacado en cajas las pertenencias de ambos, acomodó al viejo en la carretilla donde, tiempos atrás, había transportado sus baldes de sorbetes. Así abandonaron la Lavandería Cantón.

Tarciso le alquiló un cuarto a un paisano que había arribado a México en su mismo buque y que ahora tenía una perfumería. Mientras el viejo dormía, él ocupaba sus jornadas en reconstruir dentro de su cabeza los años que había pasado en China. Sabía que jamás volvería a su querido país. Se preguntaba si aún viviría el padre a quien ni honró ni sirvió como era debido. ¿Y su madre? La oportunidad de regresar se le había escapado. Nunca más podría volver a tener un negocio; para ello le haría falta un nombre limpio.

Y un día Tarciso optó por cortarse la trenza que le llegaba hasta la cintura.

Esperó a que se le terminaran sus ahorros para buscar trabajo. Su destino lo llevó a encontrarse con Alfonso, el maya, su primer amigo que ahora era chofer de doña Elda Cámara y vestía un traje oscuro y un elegante sombrero de copa. Ambos habían aprendido el castellano, pero se hablaron cada quien en su lengua, como veinte años atrás. Tarciso y el anciano José no tardaron en mudarse a una choza en el jardín de la mansión de los Cámara. En ese tiempo, los chinos gozaban de buena fama como jardineros. Por las mañanas, tras haberle preparado un té al viejo, se le veía a Tarciso recorrer los surcos de la huerta; un par de cubos de agua le enmarcaban la espalda. Por las tardes, Tarciso se tiraba en un camastro y fumaba, en compañía de José, su larga pipa.

Nicolás Cabral

Un cubo

El día comenzó con el sistemático tic tac del despertador en esta ocasión no programado pero aun así capacitado para comunicar que el día comenzaba y una horrible comezón se prolongaba en todo mi cuerpo confiriéndome la terrible certeza de que algo extraño estaba teniendo lugar en esa habitación donde yo me encontraba recostado siendo levantado por el tic tac de un despertador con la comezón humillante que partía de la nuca y llegaba a los talones. No supe cómo ni cuándo ni por qué la infame mancha de humedad se aposentó en una esquina de mi pulcro y blanquísimo cuarto para de ese modo romper la completa armonía que con tanto esmero yo había logrado en las bellas tardes de ocio que dedico al acomodo de la casa en una de cuyas esquinas se instalaba ahora una superficie amarillenta que arrojaba un polvo fino que de cuando en cuando caía sobre el piso y me hacía sentir que la limpieza de mi espacio era humillantemente violada y alterada y mancillada. Con una agresividad silenciosa la humedad de aquella arista recorría el muro grosera e indecorosamente como lo hacen las enredaderas que pueblan las paredes poco a poco dejándonos confiados en un principio para súbitamente mostrarnos que se han adueñado por completo de una zona y albergar entre sus ramas ratas y aves y todo tipo de horribles existencias mezquinas que se pasean en los patios de nuestros jardines con una sonrisa burlona e insolente. No podía soportar que semejante cosa apareciera triunfalmente y tomara poco a poco la blanca y aséptica superficie de los muros de mi habitación para arrojar mi hábitat a un estado de vejatoria humedad que llegaría al techo y al suelo y a mi cama y a mi cuerpo que sufriría terribles enfermedades de tipo respiratorio por no hablar de las brutales incomodidades de dormir en medio de sábanas húmedas y olorosas y frías que para invierno se convertirían en un auténtico sudario para un cuerpo mohoso que alguna vez me habría pertenecido. Hube de visitar a los tres vecinos cuyas casas colindaban con el sector de la mancha para con ello ubicar al malparido que no reparaba sus fugas o que limpiaba sus pisos arrojando agua desde enormes baldes provocando que el implacable líquido iniciara su viaje al otro lado del muro por medio de un proceso capilar cuyo resultado era la destrucción de la armonía en la recámara de un hombre preocupado por el orden y la limpieza y el buen vivir. O sea yo.

El Gordo a quien deberían llamar El Sebo no tenía ninguna responsabilidad pues su casa poseía unas cañerías en perfecto estado sin viso de goteras o humedades o cualquier otro tipo de anomalía que pudiera implicarlo en el atentado contra mi hábitat que ahora que lo pienso en otros tiempos era tan hermoso y bienoliente y níveo. El Gordo a quien deberían llamar El Sebo era de hecho un individuo con costumbres bastante aceptables y habitaba una casa de apariencia respetable que de inmediato me hizo saber que no era su propietario el hijo de mala madre que había descuidando sus cañerías provocando de ese modo el deterioro lamentable de la esquina de mi recámara para con eso comenzar poco a poco y progresivamente la destrucción de esa blancura que con tanta dedicación yo había logrado. El Gordo a quien deberían llamar El Sebo me notó francamente alterado y quiso indagar en las razones de mi estado haciéndome preguntas de diversa índole que me parecieron bastante brillantes pues se concentraban en saber hasta qué punto una modificación del entorno diseñado y planeado y cuidadosamente ideado por mí podía amargarme el día o los días enfrascándome en una pesquisa sobre el origen de la mancha. Al observar con más detenimiento su vivienda pensé que el orden de sus objetos era inversamente proporcional al equilibro de su alimentación dado que el tipo era verdaderamente una mole de metro y medio de ancho que con dificultad se desplazaba por la casa buscando y no encontrando el posible desperfecto que fuera capaz de causar inconvenientes al vecino. O sea a mí.

Al salir de la casa de El Gordo al que deberían llamar El Sebo me sentí profundamente confundido y temeroso de que la ubicación del punto generador de la humedad y por secuela de la mancha no fuera tan sencilla y me obligara a emplear más tiempo del presupuestado pues yo soy un hombre sumamente ocupado que cuenta con una vida de gran dinámica y que no se puede dar el lujo de andar buscando una fuga de agua por la zona cuando en lo que debería estar concentrado es en sus proyectos laborales y negocios. Avancé un poco por la calle e hice un mapa mental que incluía mi vivienda y las de los tres vecinos involucrados de los cuales uno ya había sido descartado luego de un análisis minucioso del espacio habitado y de su modo de vida que no está de más recordar eran sumamente respetables y en gran medida semejantes a los míos. El mapa me indicaba que El Gordo al que deberían llamar El Sebo habitaba el solar localizado exactamente detrás del mío por lo que quedaban dos sospechosos ubicados estratégicamente uno al lado de mi casa y otro al lado de la de mi buen amigo de metro y medio de ancho. Para hacer más interesante la investigación no me dirigí al sospechoso más cercano sino que volví a mi calle para tocar la puerta de la vecina que ahora que lo pienso tenía amplias posibilidades de ser la culpable dada su condición femenina o sea su pertenencia a ese sector del género humano con poca habilidad para la reparación de desperfectos en instalaciones hidráulicas y con aficiones múltiples entre las que destaca el lavado de pisos mediante el método del baldazo de agua inmoderado. Toqué a su puerta y entonces me di cuenta de que nunca le había prestado atención suficiente a esta mujer que no está de más comentar poseía un cuerpo bastante bien formado que parecía vibrar con cada palabra pronunciada por su dueña de la que hay que decir también profería las palabras con una voz melodiosa perfectamente coordinada con sus senos firmes y sus caderas amplias. Pase usted me dijo la mujer y caminó hacia la esquina de la casa en la que podría hallarse el desperfecto que por desgracia había instalado la mancha en una habitación que en otros tiempos era sin duda la más limpia y ordenada de la región en la que la poseedora de ese excelente par de nalgas y yo habitábamos. O sea la mía.

Qué enorme misterio el de encontrarme no sólo con que la mujer no era aficionada a los baldazos de agua sobre el piso verde pistache que tanto parecía gustarle sino que tampoco era en su casa donde el origen de la humedad insultante madre de la suciedad amarillenta tenía lugar. La mujer de amplias caderas y firmes senos no era una hacedora de orden a la manera de El Gordo al que deberían llamar El Sebo pero tampoco era la cochina que yo había sospechado en mis reflexiones y a la cual atribuía responsabilidades en la abolición de la armonía espacial-habitacional de la que alguna vez fui orgulloso poseedor. Le acepté el café porque qué puede uno hacer cuando una breve cintura seguida de un respetable par de huesos iliacos se incorporan al gesto de invitación mediante el cual yo obtenía la oportunidad de ejercitar mis ojos recorriendo todo ese cuerpo que se veía suave al tacto y dulce al gusto. Mientras analizaba sus movimientos al hablar y oía el relato de su décimo romance del mes comencé a excitarme no por la idea de convertirme en el undécimo sino por la sencilla razón de que el vecino que me quedaba por visitar era ya el seguro responsable según lo dictaba la más razonable de las lógicas derivada de un método de hallazgo por eliminación de candidatos. Di las gracias y me despedí con un ligero abrazo que prometía un encuentro posterior donde seguramente me sería dada la oportunidad de ejercitarme en el arte amatorio pero que obligaba a la meditación dado que podría resultar inconveniente una relación de ese tipo nada menos que con quien habitaba la vivienda contigua. Caminé tranquilamente por la calle mientras pensaba si debía ser un hijo de puta que acribillara con reclamos al vecino o bien un amable ciudadano que pidiera orden hidráulico en la vivienda del que verdaderamente era un hijo de puta que sin miramientos había derrumbado ese monumento a la pulcritud que se erigía en la calle de atrás destruyendo así la estabilidad emocional de un sujeto con mejores cosas en las cuales ocuparse. O sea yo.

Cuando ese hombre abrió su puerta y luego de un breve intercambio de palabras me invitó a pasar quedé completamente asombrado por el grado de ordenamiento del que estaba siendo testigo en esa bella casa toda pintada de blanco y que no podía de ningún modo ser ocupada por un rufián descuidado cuyas cañerías generaran inconvenientes a los vecinos que como él entendían que el orden de los objetos en una mesa tenía que ver con el orden del Universo mismo. Cerca estuve del éxtasis observando esos pisos visitados por la pulcritud cuyo color gris perla establecía un acertadísimo vínculo con el blanco de los muros a su vez poblados por cuadros de magnífico gusto y no menos magníficas proporciones. Sin embargo había que revisar la arista de esa noble vivienda para no quedar con dudas pues un hombre de sus características y gustos algún defecto habría de tener y ese defecto podría ser precisamente el descuido en materia de instalaciones hidráulicas que en tal caso sería el origen de la Mancha que para estos momentos muy probablemente ocuparía una región más amplia del muro de mi recámara convirtiéndose en algo violento y terrible. Me llevó hasta el lugar de la sospecha y caí en cuenta de que nada había visto yo en la vida más alejado de la humedad que esa intersección de muros que fungía como la esquina de una casa estupendamente decorada y tal vez estupendamente habitada por ese hombre de mirada penetrante y rara apariencia a pesar de sus modos francos y vestimenta de buen ver. Ay Dios en qué gran dilema me hallaba yo al no encontrar el manantial de mi desgracia en ninguno de los puntos donde podía encontrarse permitiéndome con ello dar solución al gravísimo problema de humedad que no sólo atentaba contra mi réplica del orden universal sino también contra mi salud futura que al deteriorarse podría conducirme incluso a la extinción. Salí de ese sorprendente oasis de blancura y bellas proporciones para concentrarme en un razonamiento que me permitiera establecer las causas de esa superficie amarillenta lanza polvo en la cual no quería pensar por ahora pues temía que su crecimiento se diera velozmente obligándome con ello a un trabajo intensivo que hiciera posible la restitución del paraíso perdido. Sólo quedaba la posibilidad de que la fuente de humedad se hallara en la azotea de una vivienda. O sea la mía.

Juro que al subir revisé cuidadosamente cada uno de los centímetros cuadrados que constituían no sólo la superficie de mi azotea sino también la de El Gordo al que deberían llamar El Sebo sumada a la de la mujer de notable figura y la del hombre de impecable entorno. La aparente ausencia de causas de este infierno comenzaba a sumirme en una desesperación justificada pues lo que estaba en juego aquí era nada menos que el orden de mi recámara y por consiguiente de mi casa y por consiguiente de mi entorno y por consiguiente de mi refinada vida. Y cómo no iba a preocuparme si los hechos no tenían lógica alguna y era imposible encontrar el lugar del cual nacían los borbotones de agua que silenciosamente se incorporaban a la superficie exterior del muro para luego conducirse capilarmente hasta atravesar el ladrillo y encontrar un paraíso de yeso cubierto con pintura blanco mate al cual invadir con tonos amarillentos y polvos insalubres. Pero logré calmarme y concentrar mi esfuerzo en la creación de un espacio inviolable al que la mancha no tendría acceso gracias a la supresión de todas y cada una de las vías por las que el agua acostumbra transportarse y por las que seguramente habría intentado desplazarse hasta los muros delimitadores de este ambiente intachable. O sea el mío.

No me quedó más remedio que construir dentro de la que alguna vez fue mi inmaculada recámara un cubo de tres por tres por tres metros cuyas medidas estaban perfectamente calculadas en función de la nueva vida que llevaría al verme privado de la emulación del Orden Universal que encarnaba la habitación que ahora recuerdo con nostalgia. No volví a la oficina pues lo que aquí estaba en juego era mucho más importante que las de por sí importantes actividades laborales de mi pasado que ahora me veía obligado a abandonar dado que no había más solución para mi vida que encarar a la Mancha o mejor dicho evitarla para que no intentara destruirme nuevamente. Comencé colando una losa de concreto de unos ocho centímetros de espesor separada del piso original de la recámara por veinte centímetros de aire que se generaban a partir de unos breves apoyos metálicos ubicados en cada esquina del cubo y pensados en acero inoxidable precisamente para imposibilitar el avance capilar del agua. Una vez fraguado el concreto levanté tres de los cuatro muros de tres metros de alto con ladrillo refractario que gracias a su superficie cerámica funcionaría como una protección contra la humedad del aire por si la Mancha se proponía desplazarse por los aires. No obstante impermeabilicé exteriormente los muros de manera que un futuro ataque de humedad se viera frustrado al intentar colarse entre las juntas de los ladrillos que había yo realizado con una mezcla cemento-cal-arena muy bien proporcionada y en sí misma difícil de violar. Colé una segunda losa encima de los muros y una vez que el concreto de ésta alcanzó su punto máximo de rigidez retiré la improvisada cimbra y me dispuse a limpiar las impurezas del plafón de modo que su superficie quedara perfectamente lisa e incluso agradable al tacto de este pobre hombre que había tenido que convertirse en albañil para salvaguardar la santidad de su hábitat. O sea yo.

Una vez impermeabilizado el techo levanté el cuarto y último de los muros hasta una altura que me permitiera salir por última vez del Cubo para desvestirme y quedar completamente desnudo pues uno qué sabe de la ropa y de las propiedades de las telas que acaso puedan verse infectadas de humedad. Regresé desnudo al Cubo y me dispuse a terminar la obra colocando uno a uno los ladrillos refractarios restantes hasta dejar un pequeño hueco por el cual arrojé al exterior todo lo que era ajeno al vacío del espacio de manera que nada quedara dentro de este maravilloso lugar que no fuera yo. Coloqué las últimas piezas consciente de que el muro final no había sido impermeabilizado exteriormente pero teniendo la tranquilidad de que la mancha se encontraba exactamente del lado opuesto y que esta construcción ahora era algo así como mi universo interior puro en contraposición al universo exterior infectado por la Mancha. O sea mi antigua habitación.

Terminé. Estoy sentado en el centro del cubo. Es verdad que hace un poco de frío. Pero en esta zona el clima es bastante benigno y entra algo de calor. Un poco. El mundo es una serie de murmullos que logra cruzar el muro. Que la mancha no pueda proceder del mismo modo. Eso espero. No extraño la luz. No me muevo. No hace falta. Veintisiete metros cúbicos de aire puro. El Universo. Susurros allá afuera. El Gordo al que deberían llamar El Sebo. La tetona. El de blancas maneras. Murmullos. Nada de luz. Tres por tres por tres igual a veintisiete. Un poco de frío. Un poco de hambre. Susurros. Aquí la Mancha no molestará. Muros suaves y limpios. Secos. La música del exterior. Un zumbido. A veces reconozco la melodía. Mmm... Vivir en la perfección. Silencio. Oscuridad. El orden del Universo. O sea el mío.

Alberto Cascante

4 × 4

Al tándem Malpica

Nada quedó de cierto en el ánimo de Gerardo. Nada, ningún recuerdo, ninguna imagen. Ni siquiera la silueta perfecta y puntiaguda de Mariana, ni siquiera sus senos pendiendo en absoluta levedad sobre el cuerpo postrado, horizontal y manso. Tampoco la cadera rubicunda y breve, menos su ritmo, su necesidad insondable, la necedad de ambos por absorber al otro, por fundirlo, por afectarlo. Nada, excepto esa agria urgencia de venganza, de cobrárselas a quienes, inservibles, habían arrancado a Mariana de su lado.

La noche del crimen ambos viajaban dentro de la silenciosa felicidad de una de esas camionetas-tanque. Lejos del ruido y el hedor humano. Avanzaban satisfechos, sofocados en el soberbio bienestar de sus posesiones, de sus objetos. Su riqueza era de una asepsia inexpugnable; se repartían el botín de una bonanza perfumada.

Entonces, el auto que se cierra y les corta el paso. Las armas y sus tenebrosos destellos. Los gritos, los insultos, las amenazas. Las cachas que golpearon sus rostros impolutos, la oscuridad.

Gerardo despertó adolorido. Yacía en la mueca del despojo, el desperdicio de una ciudad que vestía humedad y niebla. La memoria comenzó a ejercitarse: el asalto, los golpes, ¿y Mariana? Ella no estaba, ya no regresaría.

Las averiguaciones no encontraron rastro de los maleantes. Nadie fue detenido, nadie juzgado, mucho menos condenado. El cuerpo afilado de Mariana apareció en un bosque cercano, sin ropa, sin vida.

Gerardo no asistió al funeral. Los padres de Mariana se encargaron de la pompa y de la pena, se dieron —sin remedio, quizás— a la tarea de aborrecer al pueblo, al gobierno, a los demás. Y mientras los meses y la impotencia se iban lentamente sedimentando, Gerardo apareció un buen día en la casa de su suegro. Nervioso, entusiasmado.

—¿Dónde te habías metido, muchacho?

—Acompáñeme, Don, quiero mostrarle algo.

El ansia desbordada del joven lo condujo al sótano de una fábrica. Cuando don Armando cruzó el largo pasillo que enfilaba hacia la bodega se encontró de frente, sin aviso, con dos tipos que se retorcían en la asfixia de su mordaza. Ambos de aspecto humilde, el pelambre crespo, las ropas sudadas y obscenas.

—Fueron estos hijos de la chingada…

Gerardo los pateaba incesante mientras le explicaba a su pariente cómo los había reconocido, seguido y capturado.

—Anímese, Don, primero los madreamos hasta que nos duelan las manos y luego los matamos a los hijos de puta.

El viejo dudó unos segundos. Su mirada no perdía de vista el rostro pervertido de su yerno. Un charco purpúreo y espeso se filtró debajo de los cuerpos extintos de los asesinos. Sus caras desfiguradas quedaron tendidas sobre el rugoso concreto del cuarto. Don Armando se limpió los puños en los pantalones. Salió de ahí blasfemando, apurando a Gerardo para que abandonaran el lugar.

El episodio —con el tiempo— se convirtió en la evocación disimulada y habitual del viejo. Un repaso permanente de cada golpe y cada puntapié, de cada grito descompuesto, del último estertor acalambrado en esos cuerpos moribundos. Cada noche, durante los pesados minutos que le tomaba conciliar el sueño, don Armando se aferraba a ese recuerdo con la clara certeza de que era el único antídoto para vencer su insomnio, para amansar esa vigilia inacabable que justo después del asesinato de Mariana empezó a desvelarlo de manera irremediable. Así, una rápida revisión de su desquite, le devolvía su preciado letargo, lo dejaba finalmente caer dormido en un afelpado sosiego que, si bien no reviviría a su hija, le suministraba la benévola sensación de haber hecho lo correcto: evitar que aquellos, a quienes él consideraba los hijos de puta del mundo, quedaran impunes.

Días después Gerardo regresó a la casa de su familia política. Esta vez conminó a su suegro para que se asomara dentro de la cajuela de su carro. Dos cuerpos desconocidos se encorvaban en el interior. Los ojos sin vida de los presos miraban horrorizados al viejo.

—¡¿Y esto qué es, Gerardo?!

—Mierda, Don, mierda. Nos esperan otros dos en la bodega.

Alberto Chimal

Mogo

—¿Beto? Beto, ¿dónde estás? —llamaba mi abuela.

Y yo iba, desde donde estuviera, a comer con el resto de la familia, hacer la tarea, buscarle alguna cosa que necesitara, ir a la tienda, dar con alguno de mis hermanos o de mis primos.

—Ya voy, Mamá —yo le decía "Mamá", igual que todos, y nunca se me hubiera ocurrido decir que no, o quedarme quieto, cuando oía la voz de ella desde su cuarto. Y menos cuando me hablaba para que fuese a ponerle crema. Casi nunca se lo pedía a nadie más (a mi tía Fabiola o a Carlota, mi madre); cuando yo estaba allí, junto a su sillón —parado en un banco para alcanzarla, con una mano sosteniendo el frasco y la otra sobre sus mejillas o encima de sus cejas—, ella siempre decía lo mismo: que yo era "insuperable", "un maestro".

—Tienes manos muy delicadas. Manos de artista. Me podría estar toda la vida así contigo... ¿Tú te quedarías conmigo?

—Sí, Mamá.

—¿Acariciándome así de bonito?

—Sí, Mamá —le decía, y acercaba la mano a su regazo para alcanzar un kleenex de la caja que ella sostenía.

Supongo que yo le decía la verdad. De esas cosas no se habla, pero en casa todos entendíamos que mi abuela mandaba; todos, desde mi tío Rafael, que nunca se casó y rara vez salía de su cuarto, hasta mi prima Silvia, que desde que recuerdo ya amenazaba con irse, que se iba, que ahora sí, que iban a ver. Todos vivíamos juntos, íbamos juntos a la iglesia, veíamos juntos los partidos del Cruz Azul —mi abuela era aficionada y, por lo tanto, los demás lo éramos también...

Yo hacía la tarea junto a ella, con mis hermanos y mis primos; jugaba en el patio bajo su ventana; le contaba lo que oía decir a los demás; apretaba los dientes cada que ella me regañaba:

—¿Creías que no me iba a enterar, Heriberto? —me gritaba, y aunque sólo usaba mi nombre completo cuando estaba enojada, siempre lloraba. Y yo, como todos, me sentía muy mal de haberle hecho aquello, de que se le quebrara la voz y le salieran las lágrimas.

Creo que por esto empezó todo. Cuando tenía seis años y acababa de entrar en la primaria, ella me regañó por no haberle enseñado un ocho en un ejercicio:

—¿Para eso vas a usar tus manos de artista, para escribir porquerías y luego meterte la hoja quién sabe en dónde? —le quise contestar que había metido la hoja en el libro de ciencias naturales, porque si salía de su boca el "quién sabe dónde" se refería a un lugar horrible, impreciso, recóndito, pero no me dejó hablar—. Cállate. ¡Cállate! Para eso estás aquí, para callarte y dejarme hablar, porque hasta Queta saca diez en el dictado, ¿y tú no sacas diez, tú que eres tan inteligente? De mi cuenta corre que no me vas a salir otra vez con tu batea de babas. Te vas a quedar ahí donde estás, parado, donde yo te vea...

No sé qué me dio, no lo sé, lo juro, que me eché a correr y salí del cuarto.

—¡Heriberto! —gritó mi abuela—, ¡ven acá, Heriberto!

Y yo pensé que no podía soportar que me viera, y sin dejar de correr me tapé los ojos. Al salir al patio (fue lo único que se me ocurrió) tropecé en el escalón, caí al suelo y me di un golpe en la cabeza. Tuve ganas de gritar, pero aguanté en silencio, hecho bola en el piso. Y no me destapé mientras seguía oyendo la voz de mi abuela, llamándome.

—¿Dónde estás, Heriberto? —dijo varias veces—. Ay, Heriberto... ¡Heriberto!

En un momento la oí salir al patio, bajar los escalones, acercarse... Pero cuando estuvo junto a mí no me dio un pellizco, no me levantó jalándome el pelo o las orejas. Ni siquiera se detuvo. Empezó a alejarse. La cabeza seguía doliéndome muchísimo, y de pronto ya no sabía si estaba tendido de un lado o del otro, hacia qué dirección apuntaba mi cabeza, hacia cuál mis pies, pero seguí sin hablar ni descubrirme.

Ella volvió a llegar y alejarse, a llegar y alejarse, no sé cuántas veces. Y de pronto, mientras el dolor comenzaba a disminuir, me di cuenta (sólo así puedo decirlo: me di cuenta) de que no podía verme.

—¡Heriberto!

Cuando me tapaba los ojos (así pensé, así supe) me volvía invisible.

Quise comprobarlo, quité las manos de mi cara y de inmediato la vi junto a mí. Me tomó de la oreja, me levantó y me llevó hasta la sala, donde me dio una zurra enfrente de mi prima Queta, que iba en el mismo salón que yo y era quien me había denunciado.

Luego de esto tardé mucho: semanas, meses, no recuerdo, pero al fin me atreví. Salí al patio para no tropezarme con nada, cerré los ojos y me puse las manos sobre los párpados. Dejé de ver, por supuesto, y un rato me quedé así, sin hacer más. Pero luego grité:

—¿Mamá?

—¿Beto? —la oí, desde lejos—. ¿Dónde estás, Beto?

No dije más y pronto oí sus pasos, yendo y viniendo, y más voces:

—¿Beto? ¿Dónde estás, mi cielo?

Dudé en algún momento, y hasta pensé en descubrirme, pero en ese momento escuché otros pasos y la voz de Queta, que dijo:

—¡Estoy en el patio, mamá, Beto no está aquí! —y luego, más bajo—: Qué menso.

Sus pasos se alejaron.

Siempre me decía "menso", aunque mi abuela estuviese cerca, pero entendí que estaba enojada: ¡tampoco me veía!

Recuerdo que me reí, me descubrí y la llamé. Ella estaba a punto de entrar en la casa, se volvió, puso cara de fastidio y yo me puse a bailar, a cantar a su alrededor...

A partir de entonces comencé a usar mi descubrimiento (le decía "mi poder") cada vez con más frecuencia, y sobre todo para escaparme de regaños o deberes que no me gustaban. Seguí poniéndole crema a mi abuela para tenerla contenta, pero muchas otras cosas: ir a la tienda, sentarme a ver el futbol, ayudarle a alguno de mis tíos con la limpieza o a revisar los coches, todo eso lo evitaba tapándome los ojos. Unas veces me iba al patio, donde podía caminar un poco para adelante y para atrás. Otras, si quería estar más cómodo, me quedaba sentado en el hueco bajo las escaleras, mientras la gente pasaba a mi lado sin darse cuenta, o en mi pieza, acostado. A veces me quedaba dormido sin volverme visible.

Un día me animé a contarle a Queta, con la que me llevaba bien a pesar de todo, porque éramos los más chicos.

—Huy, sí —dijo, y se rió. Yo me tapé los ojos y desaparecí—. ¡Ay, se fue! ¿Dónde está? Qué miedo —y yo aguanté para no reírme, pero al final no pude más.

—¿Ya viste, chachalaca?

—Ya, Beto, ¿sí? —dijo, mientras la oía lavar platos; estábamos en la cocina—. ¿Beto? Cualquier cosa que pase me van a regañar a mí —y cuando pudo verme otra vez yo vi su cara de alivio.

Luego de un tiempo me di cuenta de un problema de ser invisible. A veces pensaba que mi poder me volvía también como una especie de fantasma, porque nadie había chocado nunca conmigo mientras no podía verme, pero no lo sabía con certeza pues siempre me aseguraba de estar en lugares despejados. La verdad, me daba miedo equivocarme. Por ejemplo, pensaba yo, ¿qué tal que a mi tío Rafael la da su ataque —le pasaba a menudo—, y yo me hago invisible, y al final no soy fantasma y él me pega sin darse cuenta?

Pero al fin pudo más la curiosidad. Un día, poco antes de la hora de la comida, salí a la calle con cualquier pretexto y sobre la banqueta me tapé los ojos.

Me quedé allí un momento, mientras escuchaba la voz de mi tía Fabiola, llamando a varios de mis primos y luego a mí. Después di un paso, y otro, y a mi alrededor había gente, se oían los pasos de los que iban y venían, pero nadie me tocó.

Seguí caminando. Tenía que esforzarme para no decir nada. Me sentía muy extraño, lleno de una alegría que nunca había sentido antes. Sabía que era distinto, que yo era distinto, y casi no podía con las ganas de decirlo, de gritarlo en voz alta: de presumir eso que nadie más podía hacer...

Entonces una voz dijo: —Cuidado, ya vas a llegar a la esquina.

Me asusté tanto que me destapé y sí, ya estaba cerca de la esquina. Pero a mi alrededor no había nadie. Miré para atrás, para un lado, para el otro, y las únicas personas que pude ver estaban más bien lejos, del otro lado de la calle.

Volví a taparme los ojos y la voz dijo:

—¿Ves cómo tenía razón?

—¿Dónde estás? —dije en voz alta, nervioso—. ¿Cómo te llamas?

—No hace falta —dijo la voz, que era la de una niña, muy parecida a la de Queta—. No abras la boca. Di las palabras sin despegar los labios, nada más moviendo la lengua, sin alzar la voz. Así nos podemos entender.

Para hacer la prueba, hice como decía y dije:

—¿Seguro?

—Claro que estoy segura —contestó la voz—. Me llamo Paivi y vivo en este lado. ¿Tú cómo te llamas?

Le dije y se rió.

—Heriberto, qué raro.

—Ay, sí, Paivi será muy bonito.

—A mí me gusta —me contestó Paivi—. Pero ya, no te enojes. Luego viene Mogo y ya no podemos platicar.

—¿Quién?

—Tú eres del otro lado, ¿verdad?

Me enojé.

—¿Del otro lado? Babosa. Soy muy hombre.

—No... No, que si eres del lado de la gente que ve.

Ella fue quien me explicó, claro, que hay dos lados: el de los que ven y el de los que tienen los ojos cerrados. Son como dos mundos, y si se está en uno no se puede ver a los que están en el otro, a menos que (como yo) se tenga el poder de la invisibilidad.

—No hace falta que te tapes con las manos —me dijo, y yo las aparté de la cara sin abrir los ojos. Y en verdad no pasó nada—. Basta con que los tengas bien apretados y todo está bien, ¿lo ves?

—No —le dije—. No lo veo —y los dos nos reímos, y desde entonces fuimos amigos.

Desde entonces, también, busqué cualquier excusa para salir a la calle y encontrarla. Supe que vivía en una casa dos calles más abajo, sin que los habitantes visibles se dieran cuenta.

—¿Ellos no te ven ni te oyen?

—No.

—¿Por qué a mí sí me oyen en mi casa?

—No sé. Mogo dice que sabe pero no me quiere decir.

—¿Quién es Mogo?

—Ven, vamos a dar la vuelta.

Como ella venía del mundo invisible, era como si estuviera ciega, pero resultó que se sabía mover muy bien: se orientaba con el oído, con el tacto, hasta con la nariz, y conocía dónde estaban todas las cosas en varias cuadras alrededor de su casa. Aunque, como ella me dijo, la gente sí podía tocarnos, caminaba rápido, a veces hasta corría. Entonces me tomaba de la mano:

—Qué suavecita la tienes —decía.

—Mi Mamá dice que tengo manos de artista —le contestaba yo, pero ella, en vez de decir más sobre mis manos, me jalaba, y allá íbamos. Cruzábamos la calle y nadie nos atropellaba. Entrábamos a donde fuera y no nos detenían.

Con Paivi descubrí que ser invisible, si se resolvía el problema de no ver, era muy divertido: se podían tomar dulces o bolsas de frituras de la tienda sin pagar un peso; se podía pasar enfrente de quien fuera y hacer travesuras; se podía ir a todas partes. Varias veces entramos a un cine que estaba cerca de la casa y yo le contaba la película, que veía un ratito sí y otro no. Otras veces yo la invitaba a la casa, a mis lugares favoritos, y nos quedábamos platicando por muchas horas.

—¿Entonces nunca has visto... nada, nada de nada? —le preguntaba.

—Mogo me dice que a lo mejor sí podría pero que no debo —yo ya sabía que no le gustaba hablar del tal Mogo, que a mí me parecía como su hermano o su papá, y por lo tanto debía seguir con otra cosa. Por ejemplo:

—¿Por qué me hablaste esa vez?

Cuando le pregunté esto, Paivi me contestó:

—Porque me dio la impresión de que te sentías solo…

No lo había pensado, pero era verdad y se lo dije.

—¿Cómo supiste?

—Es que el mundo de acá es distinto pero no tanto. Sé qué es eso.

—¿Qué, estar solo?

—Yo también me siento sola. Mogo casi siempre está de viaje y cuando está no le gusta platicar. En realidad, cuando tú te vas no tengo a nadie con quien hablar. De hecho a veces no entiendo por qué *tú* te sientes solo… ¿Sí es cierto eso que me dices de que aquí en tu casa siempre hay alguien?

No le quise explicar qué era estar siempre con alguien más y preferí abrazarla. Con una mano le busqué la cara —me había acostumbrado a hacerlo, para ver cómo la tenía y así saber de qué humor estaba— y sentí que estaba llorando.

Yo también tuve ganas de llorar y sentí que no tenía que contenerme. Le acaricié una mejilla. Ella me abrazó a mí, me acarició también y nos quedamos callados por mucho tiempo.

Todo fue muy bien después de esto hasta que pasaron dos cosas. La primera fue que, un día, mi abuela y mi madre me llamaron, me hicieron ponerme un suéter que me picaba mucho y no me gustaba, y salimos los tres.

—¿A dónde vamos? —les pregunté.

—Al doctor —dijo mi madre.

—Cállate, Carlota —la interrumpió mi abuela, y pensé que iríamos al dentista. Pero el doctor era uno que nunca antes había visto, que no usaba bata y que estaba sentado detrás de un escritorio. Tenía diplomas colgados en las paredes, como otros doctores, pero también tenía una cama negra —un diván, dijo— y me pidieron que me acostara en ella. Yo obedecí.

—¿Sabes por qué tu mamá y tu abuela te trajeron aquí? —me preguntó.

Yo me sentía raro de no poder verlo, porque seguía sentado detrás de su escritorio y yo hubiera tenido que voltear muchísimo para al menos mirarlo de reojo, y le contesté:

—No.

—Me dicen que —empezó el doctor— de cuando en cuando te tapas los ojos y te haces…

Yo no oí el resto, o mejor dicho, sí lo oí, pero me quedé helado, y me pareció que la voz del doctor estaba muy lejos, mucho más que su cara o que su cuerpo del otro lado del escritorio.

—¿Es cierto eso que me dicen?

No pude contestar. Entendí quién le había dicho, y pensé que debía hacerle algo, molestarla estando invisible, pedirle a Paivi que me ayudara a esconder su mochila o a romper platos que estuviese lavando. Pero a la vez estaba aterrado. No recuerdo casi nada de lo que dijo el doctor: pienso en ese tiempo —no sé cuánto fue— y sólo veo el techo de su consultorio, la cara de mi madre que aparecía como a lo lejos, la de mi abuela que aparecía también y se quedaba mirándome. Ella también me tomaba de la mano, o lloraba en un kleenex.

—¿Pero entonces, no se toca? —recuerdo que preguntó—. ¿Seguro que no es eso?

El doctor se puso frente a mí, tan cerca que su cara parecía colgar sobre la mía, y dijo:

—¿Beto?

—Heriberto, contesta —dijo mi abuela.

—Beto —siguió el doctor.

—¿Quién les dijo? —pregunté.

—¿Lo de que te tapas los ojos? Tu abuela. Según me dice, varios de tus primos y tus hermanos te han visto hacerlo en estos últimos meses…

—No es cierto —le dije—. No es cierto.

—Sí es cierto… Lo siento mucho, Beto, pero sí. Siempre que te tapas los ojos, hay alguien cerca cuidándote…

Me tapé los ojos entonces, y llamé a Paivi con la boca cerrada, pero mi madre me tomó los brazos y los apartó.

—Abre los ojos —dijo mi abuela, y no pude no hacerlo.

—Por favor, señora, déjelo —dijo el doctor, y mi madre me soltó. Yo no me atreví a taparme otra vez—. Gracias. Mira, Beto, no te va a pasar nada. Te decía, Beto, que tus hermanos o tus primos siempre te están cuidando…

—No es cierto —le dije, pero luego, no sé por qué, pensé que no podía decirle de Paivi.

—No importa, no te preocupes —dijo el doctor—. Es más, si quieres hablemos de otra cosa. Hablemos de otra cosa, ¿no?

—¿Qué cosa?

Él sacó un lápiz y me mostró la goma de borrar. La puso tan

cerca de mi cara que de pronto vi dos gomas y tuve que bizquear para que se hicieran una.

—No pierdas de vista la goma. Mírala con atención.

—¿Usted le va a poder ordenar que ya no haga eso, doctor? —dijo mi abuela.

—Señora, por favor, ¿podría llevarse a su mamá...?

—No me va a llevar a ningún lado.

—Entonces, por favor, guarde silencio, es necesario —y a mí—: Mira la goma atentamente, Beto. No la pierdas de vista. La voy a empezar a mover..., es un juego, no la pierdas de vista...

—No lo vamos a tener que meter en un manicomio, ¿verdad? —dijo mi abuela, y yo sabía qué era un manicomio, y no aguanté más, me tapé los ojos y me tiré de la cama negra, pero cuando caí mal y un brazo quedó bajo mi cuerpo: se destapó mi ojo derecho, me vieron y se me echaron encima. Yo me puse a gritar y se me ocurrió pedirle ayuda a mi abuela:

—¡Mamá, no quiero! —dije, grité—. ¡No quiero! —y el doctor guardó su lápiz.

La segunda cosa que pasó fue ésta:

En el camino de regreso de con el doctor me quedé pensando y recordé que Paivi, una vez, me había dicho:

—¿Para qué te escondes tanto? Aunque te vean que desapareces no lo van a creer...

Si esto era verdad, entonces mi madre y mi abuela no le creían a Queta y pensaban que ella y yo estábamos mintiendo. Y si esto era así, entonces debía hacer que siguieran pensando así, porque si sabían de mi poder se iban a poner a buscar el modo de hacerme visible, por ejemplo, o de encontrarme estando invisible. Y así ya no tendría manera de estar solo con Paivi, nunca. Y además estaba lo del manicomio, que yo conocía por las películas y la tele. Ya sabía que a la gente le ponen camisa de fuerza y unas cosas en los ojos para que los tengan siempre abiertos...

Entonces se me ocurrió, tampoco sé por qué, una idea:

—¿Estás bien? —me preguntó mi madre en un momento.

—Sí, Carlota —le dije—. Además, ya entendí. No es bueno jugar así.

—¿Cómo?

—Jugar a que me hago el invisible. Un día me puede pasar algo.

—¿Entonces no es cierto? —dijo mi madre—. ¿No le dijiste a Queta...?

—Era mentira... Lo siento. Lo siento, Mamá. Perdón.

A Queta, que al llegar se me quedó viendo, le dije lo mismo y hasta le di un beso. Y durante un mes no me tapé los ojos ni una sola vez. En realidad, casi no los cerraba y miraba a todo mundo a la cara, para que se dieran cuenta. Así hacía los mandados, veía los partidos, comía, iba a la escuela con Queta, le ponía crema a mi abuela. Tenía que parpadear, porque si no me empezaban a llorar los ojos, pero los parpadeos duran muy poco. Me preocupaba más pensar que había dicho una mentira, y que todo lo que hacía era para insistir en esa mentira, y por las noches me sentía mal. Al final, sin embargo, pensaba que no podía hacer ninguna otra cosa...

Y así hasta que una noche, en mi cama, en mi cuarto, acababa de cerrar los ojos cuando oí una voz:

—¿Beto?

De pronto no la reconocí.

—Beto, perdóname. Lo tuve que traer. Yo no quería, pero es que...

—¿Paivi? —dije, sin abrir la boca—, Paivi, perdón por no haberte ido a visitar...

Y otra voz, profunda, que se me hizo la de un hombre muy grande y fuerte, dijo:

—Primero la alborotas y luego la dejas. Además de entrometido, mal amigo.

—No, Mogo —dijo Paivi—, no, espera...

Yo abrí los ojos y no volví a cerrarlos en toda la noche. Me encontraron así en la mañana, con los ojos abiertos y secos (así me dijeron) y todo el día se fue en ponerme gotas y convencerme de que durmiera. Yo acepté nada más si me dejaban dormir con mi madre, y aceptaron. Queta y todos los demás se burlaron de mí, pero esa noche estaba con mi madre cuando cerré los ojos...

Y otra vez oí la voz profunda:

—Además de mal amigo y entrometido, cobarde. Se me hace que te va a ir mal, niño.

—Mogo —dijo Paivi—, no, no le vayas a...

—Cállate.

—Sí, Mogo.

—Sácalo de la cama.

—Sí, Mogo —dijo Paivi.

No pensé que fuera a hacerlo. Nunca lo pensé. Pero de pronto alguien apartó las cobijas y me tiró al suelo. Escuché gritar a mi madre, que se despertaba en la oscuridad, y pensé en abrir los ojos otra vez, pero Mogo dijo:

—No veo a tu mamá...

—No es mi mamá.

—... pero si quiero la encuentro, así que no abras los ojos. Cállate y ven.

Mientras mi madre me buscaba, los tres nos fuimos caminando (yo, tomado de las manos de los otros) hacia el patio. Ya estábamos ahí cuando escuché otras voces y el ruido de los apagadores de la luz.

—Se me hace —dijo Mogo— que te voy a adoptar y te voy a dar unos golpes para que te eduques.

—Perdón —dijo Paivi—, es que me dijo que tenía que traerlo, es que si no me pega...

—Cállate —dijo Mogo, y escuché un golpe seco y un gemido. Luego algo pegó contra el suelo y supe que había sido Paivi—. Tengo un martillo, ¿entiendes? Un martillo grande y muy pesado.

—Mamá —dije.

—Si vuelves a abrir la boca me voy sobre ella —dijo Mogo—. Ahora te toca a ti. No te muevas.

Di unos pasos, no sé hacia dónde.

—¡No te muevas, perro! Habla una sola vez para que sepa dónde estás. ¡Habla!

Me quedé parado, en donde estaba, con las manos sobre los ojos (manos de artista, pensé), con miedo de que la luz de los focos pasara entre mis dedos. Escuché el martillo que zumbaba a mi izquierda y a mi derecha, una vez, y otra, y otra, y yo apretaba los dientes para no gritar mientras mi abuela llamaba a todos y les decía que yo no estaba en el patio, que salieran a buscarme, que quién sabe dónde andaría...

—¡Habla! —gritaba Mogo—. ¡Dónde estás!

Bernardo Fernández *BEF*

LEONES

Ahora huimos, nos escondemos en la oscuridad, nos alejamos de la luz del día. No siempre fue así. Hubo un tiempo en que ellos fueron nuestra plaga.

Los primeros leones aparecieron en los parques públicos, siempre refugiados bajo la sombra nocturna, escondiéndose donde los árboles espesaban y los pastos crecían lo suficiente como para ocultarlos.

Huían de nosotros, intuían que éramos los responsables de que su hábitat hubiese desaparecido, que fuimos quienes los llevamos a un cautiverio que pronto excedió su capacidad para albergarlos.

Inicialmente nos llamó la atención la súbita disminución de perros callejeros en la ciudad. Pasado un tiempo, comenzaron a aparecer sus huesos esparcidos cerca de los jardines públicos. Como siempre, no les pusimos atención hasta que fue tarde.

Si hubieran sido una especie en peligro de extinción como los gorilas, el oso panda o los manatíes, seguramente nuestros parques se habrían peleado por tener ejemplares en sus jaulas. Sin embargo, había sobrepoblación de leones.

Así que empezaron a lanzarlos a la calle.

El proceso fue así: a todos los zoológicos de la ciudad les llegó un memorándum *de muy arriba* ordenando la eliminación de los leones excedentes; se argumentaba lo caro de mantener demasiados ejemplares de una especie tan conocida y de nulo interés para los visitantes.

Y allá van docenas de felinos sacrificados en aras de mantener los presupuestos dentro de los límites de lo que un administrador tecnócrata considerara razonable.

La medida fue abandonada al poco tiempo, ante la dificultad de eliminar un predador de tales dimensiones: los costos de dicha operación daban al traste con las intenciones de ahorro originales.

Lo anterior sin tomar en cuenta las protestas del departamento de limpias, cuyos trabajadores se negaban a disponer de los cuerpos felinos y del rechazo de los pepenadores ante el mal sabor de la carne de león.

No obstante, las órdenes se acatan, no se discuten.

Así fue como los primeros leones acabaron de patitas en la calle, eliminados clandestinamente en mitad de la noche, cerca de parques públicos donde pudieran al menos depositar sus heces sin que se notara demasiado.

Es imposible saber con precision cuántos ejemplares fueron abandonados a su suerte de esta manera, los archivos que contenían las cifras oficiales fueron destruidos cuando estalló el escándalo político. Los cálculos más conservadores suponen que no debieron ser tantos como los medios amarillistas nos han querido hacer creer.

El problema real reside en la altísima tasa de natalidad de los leones. Un macho adulto es capaz de copular hasta cien veces en un solo día.

Cien cópulas con cien eyaculaciones incluidas.

Más de una estaba destinada a tener éxito. Eso, sin tomar en cuenta la ausencia de depredadores naturales.

Aunque ignoramos en qué parques fueron liberados los primeros, ahora sabemos que durante las noches emigraban a cuanta zona verde encontraban, ocupando poco a poco todas las disponibles.

Los ciudadanos no descubrimos a nuestros nuevos vecinos hasta mucho tiempo después. Corredores matutinos, ancianos desocupados, niños, parejas de novios y vendedores de drogas que poblaban a toda hora los jardines públicos eran observados por atentos ojos ambarinos cuyos dueños se ocultaban entre las sombras ofrecidas por los árboles.

Los felinos modificaron sus costumbres, convirtiéndose en

seres nocturnos. Perros y ratas fueron el componente principal de su nueva dieta. Alimento que, si bien modesto, jamás escaseó.

Quizá de no haber sido por sus vistosas deposiciones, nadie habría notado nada raro.

Hasta el célebre accidente de los amantes.

Una pareja anónima de novios se internó en uno de los parques más grandes de la ciudad, buscando entre los árboles una intimidad más barata que la de los hoteles de paso.

Se dice que entregados a sus amores no descubrieron a tiempo a un policía que se acercaba silencioso hasta ellos, con la intención de sorprenderlos.

El representante de la ley lo habría logrado de no haber sido por una leona hembra de cuatrocientos kilos que, salida de las sombras, se abalanzó sobre él sin darle tiempo de soplar su silbato.

Aterrorizados, los novios huyeron de ahí semidesnudos.

Al día siguiente, los restos del policía y la ropa de los amantes fueron encontrados en medio de un gran charco hemático.

Los peritos de la policía aparecieron en el lugar del crimen y determinaron, sin dudar, que se trataba de un accidente laboral común.

Dos días después, en otro parque, un borracho amaneció despedazado. Al día siguiente, un jubilado del servicio postal fue mutilado, perdiendo sus piernas mientras dormía una siestecilla.

Fue el principio de los ataques. Seguramente las autoridades habrían hecho algo, de no haber sido porque al cuarto día se hallaron los restos mordisqueados de un cadáver, cuyas huellas digitales —las que quedaban— coincidían con las de un famoso asesino múltiple. Esta vez los muchachos de la policía determinaron suicidio y le achacaron las muertes anteriores. Después se dio carpetazo al asunto.

Fue cuando, acaso envalentonados por la indiferencia oficial, los leones salieron de sus refugios a pasear cínicamente sus melenas por nuestras calles.

Sin hambre, son tan mansos como un gatito. Pero comen todo el día, por lo que era imposible saber en qué momento arrancarían de un mordisco el brazo de un vendedor de globos o se tragarían a un niño.

Eso sin hablar de sus heces.

Intentamos quejarnos, organizamos comités vecinales que

exigían la inmediata eliminación de los felinos. Pero sólo hallamos oídos sordos en las autoridades, quienes consideraron que la solución más práctica —y económica— era evitar los parques públicos y cruzar la calle si se veía venir de frente un león.

Los medios ventilaron la noticia mientras tuvo interés, pero llegó el mundial de futbol; los magros triunfos de la selección nacional mandaron a los leones al silencio mediático.

Y hubieran seguido en el olvido de no haber sido porque durante los festejos tumultuarios provocados por un empate ante la selección de Bolivia, una horda de leones atacó a los festejantes en el Ángel de la Independencia.

No se hicieron esperar las declaraciones del gobierno y la oposición, los debates televisivos, los editoriales en la prensa.

Mientras tanto, los leones seguían ampliando su nuevo hábitat. Pronto empezaron a mudarse a los camellones de mayor tamaño.

Cruzar la calle se convirtió en una hazaña peligrosa.

Los asesores del gobernador de la ciudad, más preocupados en lograr colocar a su jefe entre los candidatos presidenciales que en dar una solución de fondo al problema, optaron por un arreglo inmediato de corto alcance: declararon la ciudad entera reserva ecológica dedicada a la preservación de los leones, con la doble intención de calmar a la población y añadir un atractivo turístico a la metrópoli.

Para entonces, los felinos habían decidido ocupar todas las áreas verdes disponibles; en poco tiempo casas particulares, escuelas, instalaciones deportivas y panteones fueron invadidos por el nuevo patrimonio de la ciudad.

Uno podía despertar por la mañana para descubrir que a su jardín, fuera del tamaño que fuera, se había mudado una familia de leones buscando el desayuno. Normalmente los habitantes de las casas eran devorados.

Huesos más grandes que los de los perros y ratas empezaron a ensuciar las calles, muchos con jirones de carne aún pegados. En poco tiempo enjambres de moscas panteoneras se volvieron parte del paisaje urbano.

Empezaron a correr rumores: que si atacaban en manadas, que si eran inteligentes, que si se estaban adueñando de la ciudad, que si no había manera de controlarlos. Las autoridades desmintieron todos, llamaron alarmistas a los medios, pidieron a la opinión pública tolerancia hacia sus nuevos vecinos.

Hasta que un día apareció el cadáver de un niño.

Amaneció ahí, como si nada, en el centro del Zócalo, a los pies del asta bandera. Esta vez, el gobierno de la ciudad no pudo desmentir nada porque las cámaras de los noticieros llegaron antes. Era una provocación oficial.

Sentimos miedo.

Los asesores del gobernador decidieron que si éste quería tener oportunidades de reposar el trasero en la silla presidencial, tendría que declarar una guerra sin tregua a los leones. Así lo hizo.

Pero ya era tarde. No hubo programa emergente que pudiera hacer frente a la plaga. Bomberos, policía y ejército no lograron nada contra los miles de felinos que vivían en las calles.

Un día un león llegó hasta el centro del Zócalo y escupió con desprecio los restos de una cabeza. El cráneo resultó pertenecer al gobernador de la ciudad. Lo habían atacado en manada durante un acto oficial en la Alameda Central. Los leones habían tenido el cuidado de dejarla apenas reconocible. Sólo lo suficiente.

Después el león rugió, como proclamando su triunfo.

No necesitaba hacerlo, ya eran los dueños de las calles, los parques, los jardines, todo.

Cada día son más y nosotros menos. Nos hemos tenido que refugiar en las sombras, mientras ellos duermen ahora que han regresado al horario diurno. Nos refugiamos en las sombras, buscando robar algo de sus desperdicios para comer.

A veces los leones organizan cacerías en grupo para eliminarnos. Su olfato los guía hasta nuestros refugios. A veces logramos burlarlos. No siempre.

Pero donde cazan un hombre aparece otro; una vez que atrapan a ese aparece uno más.

Hemos decidido recuperar nuestra ciudad, aunque sea de esta manera.

Ahora nosotros somos su plaga.

Julieta García González

RECUERDO DE MANUEL

Adriana se mordió las uñas —casi todas tenían el borde trozado—, dio unos pasos en torno a la mesa y se sentó a esperar. Giró con ambas manos una taza de café, contempló la mezcla viscosa de leche en polvo a medio diluir estancada en el fondo, encendió la luz y miró por la ventana. En el trinchador estaba la carta. La tomó e intentó descifrar, nuevamente, ahora también sin éxito, el rótulo. Regresó a su asiento y se quedó absorta en el borde irregular de sus uñas, la cerámica desportillada de la que había bebido o tal vez en algún pedazo del cielo que oscurecía.

Cuando José Luis llegó, Adriana tenía una mirada que lo consternó. Ella todavía llevaba puesto el uniforme del trabajo y algunos cabellos largos escapaban de su coleta. "¿Qué tienes?", preguntó él, abrazándola, "¿qué pasó?" Una mosca que daba vueltas al foco del comedor captó su atención: la miró detenerse sobre la taza antes de escuchar la débil voz de Adriana.

Había salido temprano del trabajo, al mediodía, dijo ella. Como tenía toda la tarde por delante, pensó incluso en ir al cine o de compras. Mientras decidía qué hacer con su día le dieron ganas de comprar pan de dulce en una fonda de chinos: unos bisquets, unas conchas, alguna pieza azucarada. El expendio quedaba cerca de su oficina, así que decidió caminar. Ya con un aromático y denso bulto bajo el brazo, Adriana se lamentó por la hora que era. José Luis no llegaría sino hasta las ocho, tal vez las nueve de la noche; faltaba mucho para que disfrutaran juntos del pan, para que platicaran. Así que creyó que valdría más seguir andando con la bolsa de papel estraza en una mano y sus cosas dentro de un morral colgándole del hombro.

Caminó hasta llegar a una colonia que no conocía. Algunas casas le parecieron bonitas y se detuvo a mirarlas. No pudo resistir más: abrió la bolsa de pan y se comió uno recargada en el tronco de un árbol. Sus zapatos de tacón eran nuevos y le molestaban en las puntas. Decidió quitárselos y sentarse en una banca, bajo un inmenso hule que abarcaba con su sombra las dos aceras. Entonces no se preocupó por volver a casa o por la hora. Hacía mucho calor y sólo atinó a pensar en una posibilidad: el sudor en su blusa de crepé blanco. Si se notaba, tendría que lavarla con jabón Palmolive para que no se percudiera, para que no quedaran bajo sus brazos dos delatoras y aparatosas marcas amarillas. Un hombre canoso la miraba con insistencia. Cuando ella se movió un poco, el hombre la chuleó y luego le dijo una vulgaridad, moviendo su rostro de forma explícita. Adriana se encogió de hombros y no hizo caso: estaba acostumbrada a atraer a los hombres mayores.

Cuando se hartó de estar sentada se puso los zapatos y pensó en regresar a la calle de su oficina para tomar un camión. No recordaba exactamente el camino que había elegido para llegar hasta esa banca y se sintió confundida. Se detuvo en una miscelánea y le preguntó al tendero la hora. Un estremecimiento la recorrió. Creyó que se le agudizaba el dolor en los pies y que eso se debía a su descuido, a su errada noción del tiempo. Pero también creyó que en una colonia tan habitada y bonita, con tantas casas elegantes, no tendría problemas para encontrar la forma de volver a su casa; se sintió reconfortada con el paisaje, como si esas aceras pulcras pudieran garantizarle velocidad en el traslado.

Metió la bolsa del pan en su morral pensando en que después los lápices, la agenda, la cartera y el estuche de maquillaje, olerían a masa. Sus medias estaban manchadas en la costura, pero se sintió contenta porque no las había roto a pesar del insistente remoloneo de sus dedos contra el pavimento. Trató de seguir el mismo camino que había tomado para llegar a la banca pero llegó hasta un parque muy amplio que no le pareció familiar. Supuso que si seguía por ahí tarde o temprano daría con un sitio concurrido donde podría preguntar su ubicación y buscar un transporte hasta su casa. Estaba cansada.

Al salir del parque llegó a un camellón arbolado. La sorprendió la cantidad de vegetación que había en esa zona, por su casa no era igual. El olor a comida que salía de una cafetería la hizo salivar, entonces abrazó con fuerza el morral y se hizo un juramento personal: no se comería otro pan hasta estar frente a José Luis, la sonrisa de ambos sobre tazas de café humeantes. Siguió caminando y creyó reconocer el nombre de una calle, así que dobló a la izquierda. Se dijo en voz alta: "No fue buena idea quitarme los zapatos".

En la esquina se detuvo frente a una entrada. Un edificio con losas de mármol blanco parecía exhalar bocanadas de aire frío que envolvieron el cuerpo delgado de Adriana. Una alfombra verde surgía de ese lugar e invadía un pedazo de la banqueta. Sin meditarlo, se quitó nuevamente los zapatos, movió sus pies sobre la alfombra y sintió un alivio que contrarrestaba el frío, uno que podía combatir su malestar. Se recargó sobre las varillas de madera que detenían un enorme arreglo floral.

De pronto un grupo de personas se abalanzó sobre ella. Venían de la calle, surgían del tráfico estruendoso, de por entre los coches que daban bocinazos. Caminaron hacia su cuerpo amontonados, ruidosos y tensos. Sintió primero un empujón en un hombro, luego escuchó un par de gritos, unos estertores. Alguien más le golpeó la cadera musitando apenas una disculpa vaga, ajena. En la confusión, el cuerpo de un hombre ancho y fornido la desplazó con destreza sobre la alfombra, hacia adentro. El hombre también se disculpó sin sentirlo de veras. Repentinamente, Adriana, confundida, vio cerrarse desde dentro las puertas de un elevador.

Cuando se sentó en un sillón de cuero negro —se sentía agotada, tenía los pies hinchados, había perdido un zapato en el jaleo— estuvo a punto de llorar. Un féretro oscuro, con bordes plateados, estaba a unos metros del sillón, colocado de forma inusual, inclinado hacia un lado para que los asistentes pudieran ver el rostro del muerto. Los deudos se lamentaban ruidosamente por toda la sala; el olor de las flores la asfixiaba y su propia incapacidad para pararse y regresar a la calle la tenía desconcertada. Bostezó tratando de no hacer ruido, protegió con su cuerpo el morral para que no sonara, pero escuchó el crujido delator de la bolsa de papel de estraza. Hasta entonces notó que una mujer de muy baja estatura, una anciana, la miraba fijamente del otro lado de la sala. Esa mirada la hizo consciente de su pie descalzo y de sus medias sucias; trató de arreglarse el pelo, que salía disparado de la coleta en todas direcciones, y lo alisó con ambas manos. Se encogió en el sillón y reacomodó sobre la blusa su brasier (los pechos escapaban bajo la varilla, el resorte de la prenda había cedido al tiempo).

Entre la confusión de personas, flores y ruidos, entre la humareda que desprendían unos esbeltos cirios y el humo de docenas de cigarrillos, Adriana alcanzó a distinguir que la anciana caminaba hacia ella, acercándose con paso endeble. Un hombre joven, regordete, sostenía su brazo izquierdo. En el antebrazo derecho, la anciana llevaba una bolsa de charol negro. Vestía de luto cerrado. Su piel era blanca, frágil, un papel de arroz arrugado en el que danzaban unos ojos azules y acuosos. Una aureola difusa, entre plateada y púrpura, coronaba la cabeza que empeñaba su fuerza en mantener la barbilla alta.

Con trabajos alcanzó el sillón. El joven que la acompañaba tocó el hombro de quien estaba junto a Adriana y le pidió lugar para la vieja. Ésta se sentó con lenta elegancia y se inclinó hacia su vecina. “Qué bueno que vino”, dijo en un susurro oloroso a medicina para la tos, “pensé que no tendría tiempo o ganas, pero me alegra verla aquí”.

Adriana la miró con estupefacción unos momentos. Después desvió la mirada y contempló un inmenso cirio junto al féretro. La llama consumía lentamente unos hilos de cera dorada con forma de pez. La anciana le sonreía, balanceando la cabeza como si coincidiera en puntos de vista con una presencia inasible. Finalmente, con los movimientos cuidadosos que se emplean para tocar a un enfermo o a un bebé, la señora extendió su frágil mano y tocó el regazo de Adriana. El morral crujió con el respingo, crujió el papel de estraza. Ella pensó en el pan con cierta angustia porque supuso que alguna pieza se había roto y José Luis cenaría moruchas. La mano de la señora —apenas un roce, algo sin peso— seguía en el mismo lugar. Adriana se decidió a mirarla. Esperaba que viéndola de frente, por algún mágico conjuro, la anciana, sus palabras y sus movimientos, desaparecieran, pero no sucedió otra cosa que la tos de la vieja y sus labios azulados.

El hombre que la acompañaba la ayudó a levantarse. Se perdieron en el fondo del salón, fuera de la vista de los deudos, en el pequeño cuarto reservado a los parientes más cercanos del muerto. Adriana se puso de pie y decidió irse. Se sentía exhausta y asustada. Trató de asumir una postura erguida (a pesar del faltante en un pie que mucho mermaba su estabilidad), reacomodó su cabello lo mejor que pudo, se alisó la falda y caminó hacia la salida. Los sollozos se habían convertido en un lejano murmullo que ya no la sobrecogía, pero se dio cuenta de su estado, de la sensibilidad que la habitaba, porque saltó y se mordió el interior de un cachete cuando un brazo la detuvo con firmeza. El mismo hombre que acompañara a la anciana a toser en privado le pedía que lo siguiera. Adriana no tuvo fuerzas para desobedecerlo y caminó tras él, pisando con el metatarso para compensar la falta de tacón y adquirir una posición decorosa, tendiente a la derechura.

El cuarto era parco y frío. La anciana le señaló un sillón. En ese lugar se condensaba la asfixia. "Es usted muy amable en acompañarme, ¿puedo ofrecerle algo? Se ve cansada." Adriana negó con la cabeza; no había abierto la boca hasta entonces y no pensaba hacerlo. Suspiró y la anciana la miró con dulzura. Prolongaron esta incomodidad en silencio durante varios segundos, después la anciana se inclinó hacia su bolsa y sacó un sobre de papel blanco con unas iniciales garabateadas en él. "Es para usted", dijo, "Manuel se la envía. La dejó escrita poco antes de morir. Por eso me alivia tanto que se haya decidido". Adriana sintió náuseas: nunca le había sentado bien el olor de la cera. Miró unos segundos el sobre, después al joven regordete, parado junto a la puerta, y por último el rostro pálido y dulce de la mujer que tendía una mano arrugada hacia su cara. "¿Manuel?", preguntó. Las palabras se escaparon de su boca. Tal vez era el hambre.

Giró el sobre unas cuantas veces. No entendió lo que estaba garabateando al frente, pero deseó que no correspondiera a su nombre, sino al de alguien más. Miró la puerta al fondo de la pequeña habitación y se levantó. Caminó tambaleándose —en parte por el tacón perdido, en parte por un mareo persistente—, cerró la puerta tras de sí y se levantó la falda. Orinó despacio. Se vio en el espejo y por un momento no se reconoció: descubrió —bajo la luz inclemente, blanquísima, artificial— manchas en sus pómulos que no había visto antes, marcas en las comisuras de sus labios, ojeras y la opacidad de su pelo. Decidió lavarse la cara para disimular eso y, sin secarse bien, regresó a la salita. La anciana la esperaba con una sonrisa.

"Ahí está lo que Manuel quiso decirle, su última voluntad dirigida a usted. Desde que enfermó yo supe que él quería hablarle de todo lo que pasó... Ya sabe. Yo no tuve luego las energías para llamarla; le agradezco que haya venido. De verdad." Un sollozo quedo sacudió brevemente el cuerpo envejecido. Después vino un tosido que ayudó a la vieja a recuperar el control de sus emociones. Adriana volvió a tomar el sobre, lo llevó a su nariz y aspiró profundamente. "Gracias", dijo todavía de pie y sin saber por qué. Recogió su morral y también lo olfateó. Con una mano ágil arregló su falda, con otra se lanzó la coleta hacia la espalda; sin moverse más, miró compungida su pie descalzo: "Lo perdí al entrar", dijo señalándoselo a la vieja mujer. Recibió una sonrisa de aprobación o condescendencia. "Gracias a usted", la vieja también se había levantado y le tomaba una mano. Sus caras se acercaron sin tocarse. Adriana caminó despacio hacia la salida.

"¿Y entonces?", preguntó preocupado José Luis, la boca llena de la masa indigesta de un bisquet, ambos frente a una taza de café humeante. "Entonces nada. Aquí estoy", contestó Adriana. "¿Cómo que nada? ¿Qué dice el sobre? ¿Quién es Manuel? ¿No le preguntaste a alguien de por ahí?", José Luis miró el sobre en la mesa, manchado con la grasa del pan. Después se acercó a una de las ventanas y la abrió, entraron ladridos de perros y el lamento de una sirena lejana; tal vez también un avión invisible en la oscuridad y la contaminación o un trueno. Adriana inhaló el aire de la calle y se quitó la blusa. La extendió para mirarla contra la luz del foco: dos manchas bajo las axilas la desanimaron. "Hace mucho calor", murmuró apenas y se acercó nuevamente el sobre a la nariz. "¿A qué huele?", preguntó José Luis. "Quiero saber si Manuel era un viejo, por el olor", la respuesta de Adriana estaba en su nariz; olfateaba con insistencia, pero su cara no reflejaba ningún descubrimiento.

"¿Y?", preguntó José Luis. Adriana se levantó y caminó alrededor de la mesa, descalza y sin blusa; se bajó los tirantes del brasier, con la mano derecha se frotó el hombro en el que se veía una franja rojiza, después frunció el ceño, cerró los ojos y meció la cara en el aire suave y cálido de la noche, murmurando. Era como si evocara algo. José Luis fijó la mirada en los senos no muy nutridos de su mujer, en sus pies descalzos, en su cara redonda.

"No", contestó Adriana. "No huele a nada que yo conozca, a nadie que yo recuerde. La señora se equivocó. Sigue equivocada y tenemos la carta."

La mesa estaba cubierta por las migas del pan. La bolsa de papel estraza se había roto y un pedazo de bizcocho había quedado sin comer. "¿Siempre somos tan sucios comiendo?", preguntó José Luis. Estaban sentados uno frente al otro. Adriana volvió a sentarse y apoyó la mandíbula en ambas manos, los codos sobre la mesa. Las moruchas habían caído también a su silla y bailaban entre los dedos de sus pies; las miraba absorta, sintiendo su vientre expandirse por los poderes del pan de chinos. La carta estaba impregnada de trozos azucarados y diminutos de pan dulce. Cerrada, con los garabatos al frente, parecía una pieza descuidada del mobiliario familiar, algo cotidiano, olvidado bajo las migajas. Adriana liberó su cabello de la liga que lo ceñía a su nuca y sus pechos del viejo brasier, raído, que los contenía. José Luis miró el cuerpo que se flexionaba sobre la mesa y chasqueó la lengua.

Adriana regresó de su habitación. Llevaba puesto un camisón de algodón muy delgado. José Luis había sacudido la mesa y barrido el suelo lleno de azúcar; levantó la mirada y sonrió. Colocada contra el salero, la carta —libre de toda migaja, con lamparones que permitían la visión de una caligrafía desigual— parecía esperar la mano que la abriera. Adriana se inclinó sobre ella, la puso a contraluz e hizo un ejercicio más bien pobre de desciframiento. "Por-que-te... todavía", dijo. José Luis apareció con un recogedor. Estaba concentrado en recoger hasta los últimos pedazos del pan en el piso y parecía poco interesado por el contenido de la carta, pero de repente paró en seco su labor y caminó hasta ella. "Dime si lo conocías, dime quién es Manuel", apresaba en su puño, como una frágil vara, la muñeca de su mujer. Ella trató de zafarse por unos segundos y luego quedó seria, viéndolo a los ojos. "No tengo idea, no sé quién es. Te lo conté. ¿Qué te pasa?" Sin dejar de mirarlo, aflojó la presión suave que sus dedos ejercían contra la carta y el sobre fue a dar al piso, entre los pies descalzos de ella y los zapatos sucios de José Luis.

El fresco entraba por la ventana. La noche había apaciguado la intensidad del calor y la ciudad entera parecía respirar aliviada. Unos gatos maullaron con estruendo copulatorio bajo la ventana del estrecho departamento. José Luis tenía en su regazo los pies —adoloridos e hinchados— de su mujer, y los masajeaba con no mucho talento. Un par de veces Adriana hizo una mueca para indicar que la presión sobre ellos era muy fuerte.

"¿Por qué no sentiste curiosidad?", la pregunta de José Luis ocultaba otras dudas, angustias sepultadas tiempo atrás. Adriana bajó los párpados con lentitud y movió suavemente la cabeza: "No lo sé". Él amplió la zona de masaje y palpó con sus dedos gruesos las pantorrillas, después subió con lentitud por las rodillas y dejó descansar sus manos en los muslos. "¿Pero no te dijo nada más, la vieja?", José Luis insistía. Adriana lo miró con fastidio, no pudo reprimir un bostezo. Ahora las manos exploraban la parte más alta de los muslos, la entrepierna. Ella frunció el ceño y jaló el camisón hacia abajo, tratando de evitar que los dedos de su marido trascendieran la frágil barrera de su ropa interior.

La ciudad seguía entrando por la ventana, pero el sonido era cada vez más débil. Había muerto el calor de la tarde y soplaba un vientecillo agradable. La mosca dormía en un rincón del comedor, cerca de la entrada a la cocina. La resistencia había sido vencida; las yemas de José Luis, juguetonas al principio, rebuscaron en el vello púbico hasta encontrarse con una saliente de carne húmeda. Se demoraron ahí lo suficiente como para que Adriana separara las piernas y se olvidara, por unos minutos, de la cara de la anciana, de los trazos dejados por Manuel y de ese sentimiento que llevaba a su marido a mover con urgencia los dedos dentro de ella.

Una fina capa de azúcar y de migajas cubría la mesa a pesar de los esfuerzos domésticos de José Luis. Adriana las sintió contra su espalda y las presintió en el pelo revuelto de él, en los mechones que rozaban su rostro. Terminaron cuando el silencio imperaba en la noche. José Luis se lavó la cara y se dirigió a su habitación. Adriana permaneció recostada unos momentos más, con la cara girada hacia la ventana abierta: no sólo entraban sonidos a la casa, también salían por ahí.

José Luis la llamó desde la recámara. Ella se enderezó sobre la mesa, trató de sacudirse la espalda sin mucho éxito y se paró.

Escuchó su nombre otra vez y musitó una respuesta vaga, pero tranquilizadora. Tomó la carta del piso —el brillo de la calle, el que proporcionaba la noche, era suficiente para localizarla—, ese rectángulo resplandeciente y oloroso a grasa. Entró con ella a la cocina y la contempló un rato. José Luis roncaba. Por última vez se llevó el sobre a la nariz y aspiró. Cerró los ojos, frunció ligeramente el entrecejo y sus labios se curvaron un poco, como si un recuerdo viejísimo tratara de encontrar la superficie de su memoria. Luego encendió una hornilla, olfateó el gas antes del fuego, miró la llama multicolor y le acercó una esquina del sobre. Pronto las palabras, la voluntad trazada por esa caligrafía, la intención de la vieja, el recuerdo todo de Manuel, ardieron, se convirtieron en una prolongación de la flama. Adriana apagó la hornilla, manoteó sobre los fragmentos que volaban erizados por el fuego, los aplacó con un trapo húmedo. Creyó distinguir el olor de un cigarrillo o tal vez el de una loción intensa y a la moda. O saliva. Agitó con una mano, en el aire oscuro, esos olores, y se dirigió —levantando las puntas de los pies— a su habitación.

Vanesa Garnica

El segundo exilio

I. Insomnio

Las áreas húmedas. El gorgoteo del estómago. Los piquetes de mosco que abultan y enrojecen la piel. La descarga que eriza los vellos. Todo desaparece. Años de ingeniería fina se detienen en un instante. ¿Dónde está el falso contacto, la falla definitiva? Ema en su pantalón de franela y su playera de Capitán América se sienta en las escaleras del patio, mientras observa el pedazo de noche recortado por las cornisas. Ni cómo escapar de la pregunta suprema: ¿qué se siente morir?; o lo más cercano a eso: ¿cómo es el último segundo de vida? ¿Habrá algo que señale "hasta aquí"? Ema se lo imagina como un paseo panorámico en avioneta. ¿Y luego?, tanque vacío. El intestino se enreda en la garganta como en ese sueño del columpio sin cuerdas que se interrumpe antes de la colisión. Hay cantidad de preguntas que han transitado el cerebro de Ema, pero sólo una que otra irán más allá de la contemplación, en la cacería solitaria de una respuesta.

II. Retrato al óleo

El viento define la superficie. Partículas de arena y sal danzan el frío. El cielo no participa de la escena a falta de nubes que contrasten el invierno. El gris nulifica al sol, todo lo que pesa es el agua rabiosa. El mar no alcanza la calma. Los seres acuáticos tiritan el nacimiento de las olas. El bordado multiforme de la espuma se cose, se deshilacha, se recose. A lo lejos, Ema sesea las botas contra la arena. Vestido negro a las rodillas, todo lana hasta los rosetones en cuello y puños. Carga un paraguas rojo que remata en pompones blancos; pequeño Boudin. La otra mano, un frasco de vidrio antes cebollas en escabeche, ahora cangrejos que se amontonan peleando por un espacio vital que no hay. El aire helado se introduce por los nasales. Plaf, plaf dicen las pisadas amarillas de la niña. Una ola descubre la superficie compacta. Apenas los orificios respiran, Ema los ataca excavando con ambas manos. Deshace las madrigueras minúsculas y hace prisionero al habitante, blancos, rojizos, transparentes los cangrejos que pasan de reventar burbujas a patinar en paredes de vidrio, a pisotearse unos a otros.

Granito y conchas el muro de don Casimiro, al pie del cual Ema vio un perro muerto por primera vez. Sobre un costado, el ojo abierto que parecía falso, sobre el lagrimal, tres moscas. El tórax hinchado como si estuviera a punto de exhalar. Ema trató de recordar si había visto algo muerto antes. Recuerdo en blanco. Porque los cangrejos no cuentan, esos huyen o dejan de huir. Hasta ahí. Ahora, frente a ella, la muerte no parecía real, al menos no definitiva. Parecía un instante que terminaría con el parpadeo del perro muerto. Entonces comenzaría a salivar el hocico seco, seca la nariz negra. Seco todo, como el polvo infiltrado en el pelo del perro que sí estaba muerto. Con el principio de este invierno comenzó la nueva diversión. ¿Sería así el año pasado? A saber, que a los once, la memoria, si acaso llega tan lejos, parece anécdota ajena. Esta última etapa empieza a lucir en disolvencias. Loco invierno. Al día siguiente regresó al mismo lugar y la mascota ya no estaba. Entró en la vinatería para interrogar a don Casimiro: el camión de la basura lo había adoptado. Esa noche soñó que destendía su cama para introducirse entre las cobijas y el perro estaba ahí. Soñó que tocaba con la punta de los dedos la lengua rasposa, que se montaba en él, que lo atenazaba con las piernas y el olor a descomposición impregnaba su pijama.

Hay dos calles principales en Ágata. Una, adoquinada y con arbotantes recién instalados por el municipio, es la arteria que recorre el interior del pueblo a todo lo largo. La otra, paralela, es la costera. Es la piel de Ágata que se toca con el mar. Se rozan ambas vidas. Se observan con algo de frialdad en invierno, se matrimonian el resto del año. Que en Ágata hay dos maneras de estar: invierno y verano. Hay tres días en que la flora se colorea y, meses más tarde, un otoño fugaz que la borra. Eso nos deja básicamente con dos humores que rigen el calendario.

Victoria se talla el rostro con una mezcla de yogur y azúcar, tratamiento facial casero. Soba tres pecas que le dejó el último sol. Su cabello castaño se ilumina con mechones deslavados por el clima, responsable también del cuerpo tostado. Más oscuros los pliegues mínimos entre seno y seno, donde el sudor corre en días soleados llevando los rayos que maquillan la piel sensible. Bendito verano con su vestido verde, el raspado de grosella y los paseos punta a punta de la costera. O sus microshorts blancos, apropiados para los juegos en la arena con Ema. Los domingos, don Céfiro y su trompeta de varas; ruido de sol contra metal, agujas al aire. Después de la iglesia, devorar los dulces de nuez antes que la canela se pegostee a los dedos. O simplemente acostarse al sol en el dos piezas floreado. Días tan distintos los que corren, con un invierno que no tiene para cuándo. Lo poco que el pueblo le da, reposa hasta nuevo aviso meteorológico.

La piel resortea como hule contra el cuerpo. Se aplica crema en el antebrazo izquierdo en ambos huesos. La flacura no conocía a Victoria cuando se definió como tal. ¿Cómo comenzó a semimorir? Ella, a diferencia de Ema, no se salva del recuerdo claro; primer plano en pantalla.

III. Fue niña

Hace once años un huracán se comió la carretera que lleva a Ágata. El camión en su ruta habitual encontró el letrero de cruce. La espalda arqueada amortiguaba el vientre inmenso. El cabello recogido con un broche de colores le daba al rostro la confirmación de su edad. Victoria, apenas una criatura, balanceaba su peso entre las dunas, concentrada en no perder el sur.

Tres kilómetros dilatados por un parto prematuro; aparecieron las primeras casas de Ágata. En su camino a él, el pueblo se mostró completo ante Victoria, quien lo vio como un sanatorio con aura. Y así fue tratada. Toallas, agua caliente y unas manos santas le entregaron a Ema cuatro horas más tarde.

La prima que esperaba encontrar había emigrado a otro pueblo. De cualquier manera, no la conocía más que por una instantánea; Ágata y Victoria ya eran mancuerna.

Los años se contabilizaron con la novedad de Ema. Elaboradas, cada vez más finas, las gracias de la niña en su crecimiento. La madre tan alerta siempre en el aprendizaje de nuevos juegos, que su última faceta de infancia se juntó con la primera de su hija. Apenas aprendió a caminar empezaron los buenos ratos. Crayolas, acuarelas, cajas, paredes, técnicas que incursionaron en una numerosa producción decorativa. Y luego el mar. Ema era una socia más del latido oceánico. Las cáscaras softboleras que Victoria acostumbraba pelar en la ciudad, jamás se reanudaron. A cambio, los juegos marinos. Victoria mudaba de ropa de trabajo a algún combinado veraniego y se le unía a Ema hecha una cría de manatí.

Llegaron los ocho años. Crecer, evento demás conocido, aun así fenómeno. Ema vio el crecimiento de su madre sin poder al menos retrasarlo. Entonces lo inevitable. Los sucesos tomaron otra dimensión. Volumen y forma. Para Victoria, ese primer día infernal camino a Ágata con la brújula instintiva fue el inicio del sabotaje. Victoria envejeció, como si los acontecimientos se cobraran intereses después del plazo de gracia. Transitar a oscuras. Ni primera, ni reversa, ni nada. Sólo una caja de velocidades que reventó con la carrera no estudiada, el marido inexistente, la ciudad que no la extraña. Y una hija. Dejaron de acoplarse, de coincidir en juegos, en tiempo, en el criterio de lo estupendo y lo aburrido. Los interminables porqués de Ema parecían ahora hastiar a Victoria, quien sólo escupía nosés antes de terminada la pregunta. El propio crecimiento de Ema agudizó el desastre. Ema creció a niña grande que no sorprende a nadie. Ninguna monería es suficiente. De compañeras de juego y charla, pasaron a ser vecinas de cama sin ninguna sorpresa que mostrar.

IV. La hora de la perla

It is the hour of the pearl
—the interval between day and night
when time stops and examines itself.
J. STEINBECK

La mano es un conjunto de ganchos. Los dedos chuecos hacia la izquierda artrítica continúan la palma de la mano semicerrada que se aferra a la curvatura del bastón. Lento el camino que se prolonga con los pasos cortos de doña Graciela. La nuca luce el nudo de canas que contrarresta el negro chal. El viento en dirección opuesta parece no ayudarle en su tarea de llegar a casa. Ema tras la sombra larga de la anciana. Los sentidos disminuidos por la edad impiden a doña Graciela detectar la presencia de la niña. Ema recuerda que hace unos meses la anciana estaba muy enferma, y el comentario general era una muerte inevitable que no llegó. ¿Qué le hace estar viva? ¿Cómo decidió no morir y salirse con la suya? Será que los viejitos tienen el control de morir cuando quieren. —¿Pero cómo? —piensa Ema—, si así fuera todos decidirían vivir. ¿O no? ¿Puede alguien preferir no estar vivo? ¿Será posible que sean tan placenteros esos últimos segundos como para que la gente lo deje todo por darse tal satisfacción? ¿Puede alguien querer morir? Ema atorada en el cablerío cerebral ha dejado ir a la anciana.

Ema se sienta al pie de un árbol, los ojos enterrados en la arcilla. Se recuenta las teorías personales en un proceso de actualizar la información. Desear la muerte, una pieza nueva a embonar.

¿Puede Victoria querer morir? A Ema le brilla el rostro al creer darle al clavo. Así que es ése el nuevo juego de su madre al que no está invitada a participar.

Los siguientes días fueron de espionaje. En algún rasgo de la flaca Victoria, Ema intenta reconocer a la otra, no a la de tiempos remotos, que ésa se esfumó, sino la reciente, la del silencio. Ema observa, lupa innata, movimientos de la esquelética.

El robalo a la mantequilla se enfría mientras Ema mira a Victoria y ésta a su vez observa el plato apetitoso que la niña ignora. Alimento de conejo en porción para hámster es el platillo de enfrente. Tres años de exilio, Ema resignada a la desaparición de su vieja amiga. Pero ahora, los últimos meses de un nuevo castigo, cruel, definitivo, el segundo exilio que Victoria le aplica a la niña y a su pequeño mundo. Ema busca un acceso, la entrada a la tierra perdida. Todo intento ha sido pobre, tal vez porque fueron hechos antes de descubrir el juego. Novedoso, macabro el juego que rebota en esta casa. Ema siguió las pistas y dio con él. Extraño el juego al que no le encuentra principio, puntuación o meta. ¿Cómo incorporarse? Busca en el rostro un encuentro, la mira a los ojos; nada. Ema y su tenedor atacan la comida ajena. Bocados generosos, zanahoria rallada y col. Victoria zombi observa cómo se vacía su plato, trescientas calorías. Victoria le suelta una mirada; como respuesta al despabile, una sonrisa. "Qué carajos quiere la niña, ¿qué, no ha comido suficiente?" Y no sólo eso, también sonríe por dos; carita boba. Nada nuevo, el silencio otra vez. Se pone de pie y sale de casa sin dedicarle otra mirada a Ema.

Envuelta en el abrigo de lana, Victoria recostada sobre la arena en posición fetal. Recuento inútil del bajo en calorías. En la corretiza por otro gramo menos. Uñas mordidas. El cuerpo perfecto que ya no fue. Otro obsesivo gramo menos. Uñas torturadas con la punta del clip. La carne después de la frontera con la piel. Solloza rojo la carne penetrada por el fierro. Brazos y piernas, extremidades desnudas de vellos. Rastrillo exterminador. Pubis pelón, coño infantil. Demonio cruel, zopilote que olfatea su destino, que se carcajea de Victoria partida en dos. Niña temerosa, anciana resentida. La cronología desarmada, moronas de la pieza ausente que se van como los vellos en agua y caño.

Hoy el cielo luce mejor tez. Ema frente al mar quisiera saber qué hay donde se juntan dos azules en una línea. Qué rugido es ese que la intimida. No el grito blanco, que ése es el frío del invierno feroz. El otro alarido, furia acrecentada por los años ahogados del monstruo. Así que la población acuática tirita de miedo, no de frío. ¿De qué se tiembla?, ¿de qué están hechos los insomnios? De dudas. Ancestrales y primarias dudas que boicotean la noche. Hoy parece tener sentido seguir a Victoria; alguna respuesta caerá. Tanto tiempo en el bache que por fin muestra vereda para salir de él. La claridad echa a andar el cuerpecito de Ema, temblorosa la adrenalina. El mar, a la expectativa, guarda silencio.

Los ojos cerrados de Victoria. Piernas flexionadas, el abrigo cubre hasta los tobillos, párpados traslúcidos por el sol que se asoma. Una silueta se atraviesa en el campo de luz, es Ema con movimientos seguros. El cuchillo se sumerge en un respiro. La garganta sufre breves espasmos con el frío metal. Los ojos de Victoria miran incrédulos a la niña. La cortada en el cuello libera la sangre. No se detiene, más sangre, como si quisiera salir del cuerpo que la ha tenido cautiva. La sangre forma minicharcos en las clavículas, se escurre en la ropa, se hace pasta con la arena. Aún con unos cuantos segundos, la vida sigue luciendo insípida. Proceso absurdo esto de vivir. ¿A quién culpar: personaje o escenario? Qué más da. Ema, sentada en su vientre observa el resultado. En esos últimos segundos tuvo a Victoria de vuelta. Felices sueños. Años después, cuando Ema se someta a las torturas del cuerpo cambiante, recordará estos segundos como el orgasmo perfecto.

El verano aterriza. Ema, en una mano el cuchillo, en la otra el frasco vacío, camina en dirección a la arena húmeda hacia el respiro de los cangrejos.

María José Gómez

Weena en el incendio

El taxi frenó.

—Señorita, yo ya no voy más allá, el pavimento está muy malo.

—¿Pero cómo? Si le digo que voy un poquito más adelante nada más.

—Lo siento mucho, señorita, pero de aquí no paso. Son veinte pesos.

Hijo de su chingada.

—Está bien. Aquí tiene, aunque no se los merezca.

Me bajé del coche completamente desorientada y empecé a caminar esquivando las zanjas y los charcos de la calle, pero sin saber hacia dónde dirigirme. Eché una mirada alrededor, casas dormidas, algún foco encendido en una terraza, perros echados en los rincones, gente acercándose a lo lejos. Lo que me faltaba. Ahora éstos me van a violar, porque no traigo un quinto para que me asalten. Dudé si seguir internándome en la Colosio o si mejor regresar sobre la misma calle y preguntar en el Seven Eleven que se veía a lo lejos. Pero qué iba a preguntar, ¿sabe dónde está la coctelería El Pirata?, porque del nombre de la calle o del número de la casa de Mariela ni idea tenía.

Crucé la calle para no pasar demasiado cerca del grupo de cuatro que se rolaba una caguama, e intenté caminar derecho. Aceleré el paso para estar lo más cerca posible de la tienda cuando pasaran junto a mí, tanto, que no me fijé en un desnivel de la banqueta y me fui de boca. Las rodillas y las manos raspadas, me senté en el piso y me volví para ver si ya venían los de la caguama; en efecto, se apuraron en cuanto vieron la caída.

—¡Uta, qué madrazo!

—¿Estás bien, amiga?

—Sí, no me pasó nada —intenté levantarme, pero me di cuenta de que no podía apoyar el pie derecho. Lo tenía hinchado y como con vidrio molido adentro.

—Espérate, nosotros te ayudamos —el que hablaba le pasó la caguama a la chava que iba con ellos, y entre él y otro tipo me levantaron del piso.

—¿A dónde ibas? Como que es un poco tarde para que una vieja sola ande por estos rumbos, ¿no? —me preguntó la chava.

—Es que mi casa está súper cerquita. En la calle de la coctelería El Pirata.

—Ah, ya sé dónde. Aunque así cojita no va a estar tan cerca, ¿eh?

—Mira —dijo el que me habló primero—, nosotros vamos a una fiesta que está por esos rumbos, pero primero vamos a pasar a mi casa por unas chelas. Si quieres, acompáñanos rápido para allá y luego te llevamos a tu casa.

—No, gracias, no se molesten —intenté soltarme, pero no pude sostenerme y me volví a caer.

—No manches, manita, deja que te ayudemos, que no puedes ni estarte parada sin romperte la madre otra vez —dijo la chava.

Sentí la punzada de dolor que me recorría la pierna y la espalda y me dije pendeja, aparte de estúpida, ahora a merced de la bondad de los de la caguama.

—Sale, gracias. ¿No queda muy lejos la casa de él, verdad? Porque creo que sí me chingué el pie de a de veras.

—No te preocupes —dijo el que me habló primero—, está a dos cuadras y nosotros te llevamos. Después, derechito a tu casa.

Asentí y me dejé levantar por ellos, y retomamos el rumbo hacia la Colosio. La chava me ofreció cerveza y me pareció imposible negarme, le di un trago y le sonreí.

A pesar de que ellos también habían tomado bastante, a juzgar por el olor, no tuvieron ningún problema para conducirme por el dédalo de piedras, hoyos y pozas de agua estancada en la calle. Me preguntaron que de dónde era, que no parecía de ahí.

—Llegué hace poco. Estoy compartiendo departamento con una amiga.

—No mana, es que tú no sabes. De la Colosio para acá, todos sabemos quién es quién, pero tu amiga vive un poquito más para allá —dijo la chava y me miró detenidamente los zapatos y el vestido, como aclarando algo.

—Ah, sí es cierto —fue mi patético intento de fingir conocimiento de la situación. Y luego peor el cambio de tema—. ¿Y la fiesta de quién es?

—Ya se está animando la güerita —dijo el que me habló primero—. Es de mi primo el Rosca, y se va a poner bien. Mira, ya estamos llegando a mi casa. Nomás sacamos las chelas y nos vamos para allá.

—¿A mi casa, no?

—A donde tú quieras. Bueno, ahora sí todos callados porque si despertamos a mi jefe ya se chingó la cosa. Mira güey, hay que sentarla aquí mientras traemos todo.

Me sentaron en un sillón de la sala y los cuatro desaparecieron por una puerta. El dolor de la pierna iba en aumento. Busqué con los ojos algún teléfono, pero me acordé de que ni siquiera había tenido la precaución de aprenderme el número de Mariela. Perfecto.

—¿No quieres una chela?, digo, mientras esperas a que terminemos y que no te aburras.

Un poco de alcohol no me vendría mal para el dolor, pensé. A lo mejor y hasta se me olvida.

—Gracias. Pero no me dejes la caguama entera, no manches.

—No te preocupes, hay suficiente para todos y aquí somos todos muy pinche generosos.

—¿Qué, tienes tu propia fábrica, o qué?

—Fábrica no, pero la tienda de mi jefe está aquí atrás y como toma tanto, nunca se da cuenta si yo me llevo uno que otro cartoncito de más.

—Está bueno. Salud.

Desapareció detrás de la puerta trasera que daba a la tienda y reapareció con otros dos cartones que dejó en la entrada. Cuando terminaron de acarrear las botellas, empezaron a discutir cómo le iban a hacer para transportarlas. Me señalaban y luego sopesaban las cervezas, pero como yo ya llevaba tres cuartos de la caguama, no entendía muy bien la conversación. Al final se decidieron por montar todo en una carretilla y turnarse para llevarla y ayudarme.

Volvimos por el sendero lodoso de las calles oscuras que, al parecer, ellos conocían tan bien, pero noté que en vez de volver a la avenida pavimentada, avanzábamos en forma paralela a ella. Les pregunté que si no íbamos a mi casa, y me contestaron que quedaba en la misma dirección, pero que no fuera aguada, que me animara a ir un ratito, aunque fuera, a la fiesta. Hicieron una parada para intercambiar tareas, y el que me habló primero decidió que era tiempo de tomarse otra caguama entre todos. La abrió y me la pasó a mí primero.

—Para que se anime.

Dudé, pero para no mostrar desconfianza, vacié la mitad de la botella de un sorbo.

—Esa güerita, muy seriecita y todo pero bien que empina el codo.

Todos se rieron y me palmearon la espalda. El que me habló primero abrió otra caguama y se la dio a los otros tres. Él se terminó la primera.

—¿Entonces qué, manita, aunque sea un ratito? Después yo me encargo de que éstos te acompañen a tu casa.

—Bueno —balbuceó alguien más que hablaba por mí con voz pastosa desde mi boca. La cerveza estaba haciendo efecto, ya no me dolía tanto la pierna ni sentía los raspones y, a pesar de que no podía creer haber aceptado, empezaba a tener ganas de ver cómo sería una fiesta en la Colosio.

—No es tan apretada entonces, la güerita —dijo el que llevaba la carretilla con las cervezas—. Vamos a ser la sensación de la fiesta con nuestra invitada de honor.

—Con que no se aparezcan los Monos —dijo la chava.

—Nadie más que los cuates saben de la fiesta. Además, es en casa del Rosca, Lesly. No seas miedosa.

El que me habló primero me ofreció la botella. Esta vez no bebí tanto, pero ya sentía un adormecimiento placentero en las piernas y mucha risa de ver las acrobacias que hacían para beberse la cerveza, echándosela uno a otro desde un metro de alto, obviamente haciendo mucha espuma y tirando cerveza por todos lados. Después intercambiaron posiciones y el que me habló primero tomó la carretilla.

—Ya estamos a punto de llegar —dijo—, ¿ves esa casa verde que está allá detrás del farol?

—Ah, sí, donde está el arbolito.

—El mero reventón, amiga, vas a ver. No te vas a arrepentir de haber venido —tocaron la puerta, y alguien que estaba adentro abrió sólo una rendija.

—Me llamo Emma —le dije al que me habló primero, pero no me puso mucha atención porque le estaba haciendo unas señas raras a alguien que se asomaba por la mirilla de la puerta.

—Ya güey, si soy yo, pinche Rosca. Ahora no me vas a reconocer.

—¿Y la herida quién es?, ¿no te la fuiste a robar de Playacar, para que luego nos la vengan a cobrar como nueva, verdá?

—No güey, vino por su gusto. Y se llama, ¿cómo dijiste que te llamabas?

—Emma. Hola Rosca. Espero que no te importe que venga de colada a tu fiesta.

—Las mujeres bonitas son bienvenidas donde sea. Pásele usté nomás.

Adentro había como cincuenta personas. La casa tenía una sola pieza que servía como sala, comedor y cocina, y habían amontonado los muebles en las esquinas con ocasión de la fiesta.

—Hay que encontrarle un lugar donde se siente, güey. Ayúdanos a mover ese sillón para acá.

—No güey, si se mancha, mi jefa se va a arder.

—¿Qué te pasa, si la Emma es muy bien portada y no va a ensuciar, verdad Emma?

—Seguro.

Otra vez la voz hablando por mí. Estaba en un lugar completamente desconocido, rodeada de desconocidos, y completamente borracha. Padrísimo. Si sobrevivía, Mariela me iba a matar.

Me sentaron en un sofá desvencijado, pero era el asiento más lujoso de toda la fiesta. El que me habló primero hizo como que era mi paje y me ofreció otra caguama, a lo que no me pude negar. La chava y los otros dos desaparecieron entre los grupos de gente, saludando, repartiendo botellas y risas.

—Oye, no me has dicho cómo te llamas.

—Gabriel.

—Oye Gabriel, de verdad sólo me puedo quedar un ratito, porque ve cómo se me está poniendo la pierna.

—Sí, no te preocupes. Es más, le ponemos hielo y se mejora. Rosca, tráete una bolsa con hielo, ¿no?, que la señorita metió la pata —se apartaron un poco y empezaron a hablar de algo que no alcancé a escuchar.

—No mames, güey, está buenísima. ¿Cómo le haces siempre para conseguirte tan buenas viejas?

—Ésta me la mandó Diosito, cabrón. Te lo juro, veníamos para acá, cuando nos la encontramos tirada en el pavimento, se cayó de borracha la muy pendeja. La recogimos y le dijimos que la llevábamos a su casa, pero terminé convenciéndola de que mejor viniéramos para acá.

—Pinche suertudo. Ahorita te traigo tus hielos, para que no digas luego que no coopero.

—Gracias, Rosquita. Ya te la pagaré.

Como ya me había acabado otra cerveza, Gabriel optó por destapar tres al mismo tiempo.

—Pa' ti, pa' mí, y pa'l futuro —dijo, y brindamos mientras llegaba el Rosca con el hielo. Me di cuenta de que Gabriel tenía bonita sonrisa. Quizá por eso había confiado en él desde que nos habíamos encontrado en la calle. El Rosca llegó con el hielo, y yo intenté ponérmelo en el tobillo, pero estaba hecha una torpe, así que Gabriel me amarró la bolsa alrededor del chamorro, para que no tuviera que sostenerla.

—¿Ya ve usté? Atención de primera. ¿En qué fiesta te iban a tratar mejor, güerita?

—Uyy, no sabes. En todas es lo mismo. Hasta estoy acostumbrada —nos reímos y seguimos tomando. La chava y los otros dos habían desaparecido de mi vista, porque al parecer también había gente en el patio de atrás, de donde venía la música. *Psychodelic trance* a todo volumen, a ratos cumbia, ninguna coherencia, pero todos bailaban con entusiasmo.

—Oye, y ya en serio, ¿qué hacías tú sola en la noche, en las orillas de la Colosio? ¿Qué no te han dicho que hay pandillas y que es peligroso?

—Sí, güey. Lo que pasa es que, no lo vas a creer. Se me borró el camino a casa de mi amiga, y el pendejo del taxi me bajó porque no quería que su carcacha se fuera a maltratar con los baches.

—Eso te dijo, pero la verdad es que no entran por miedo a los asaltos. Neta, qué bueno que te topaste con nosotros y no con los Monitos o los Drivers, esos cabrones sí se la maman, y viendo a una chava sola…

—¿Tanto así? —me invadió una ola de incomodidad y quise estar de vuelta en casa de Mariela. Intenté reírme, pero me salió una especie de balido con hipo.

—Ya te asusté, ¿verdad? Mejor vamos a bailar —habían puesto "La vida es un carnaval", de Celia Cruz, y Gabriel me arrastró a donde todos estaban bailando. Un pie levantado, el otro sobre el tenis de Gabriel, empezamos a dar vueltas como pudimos, entre que yo de cojito, o que él me cargaba, o yo me dejaba arrastrar. Como cinco canciones después empezó otro bloque de *trance* y nos fuimos a sentar. Más bien quedamos echados uno sobre otro en el sillón, exhaustos, y nos empezamos a besar.

—Ya sabía que esto iba a terminar así —era el Rosca, que venía con la chava y los otros dos cuates que me habían recogido—. Les traje un regalito —sacó del bolsillo una bolsita con yerba, y del otro sábanas, y con mucho cuidado enrolló un cigarro que nos pasó enseguida—. Para que se relajen.

—Gracias, güey —dijo Gabriel—, pero ya deja de interrumpir y ahueca.

El Rosca y los otros brindaron con nosotros, y luego se fueron a un rincón a encender una pipa. Gabriel y yo abrimos otra caguama, para fumarnos el cigarro, y nos seguimos besando hasta que caí en un sopor plácido en el que sólo distinguía sus caricias.

Después de un rato, sentí que alguien me sacudía para despertarme.

—Mana, ya me voy, ya les dije a estos güeyes que te vamos a acompañar a tu casa —era Lesly con los otros dos, que trataban de despertar a Gabriel, que nada más se reía y los empujaba.

—Yo la llevo al ratito, Lesly, no estés chingando.

—A mí qué me importa lo que hagas, yo porque le prometí a la güerita que yo me encargaba de regresarla sana y salva. Además que es retarde, ¿o tú que dices, mana?

—¿Gabriel, tú me llevas luego, seguro?

—¿S'tú qué crees? Si soy humilde pero no naco —nos reímos y en eso llegó el Rosca con otro churro, y sacó a Lesly y a los otros diciéndoles que nos dejaran en paz, que nosotros no éramos unos pinches traidores y que nos quedábamos en la fiesta. Nos fumamos el cigarro y nos volvimos a acomodar en el sillón. Después me sumí en un sueño blando y sin tiempo.

—¡No mames güey, ahí están los Monitos! —alguien gritó y los que pudieron corrieron hacia la puerta trasera y se escaparon por el patio, saltando la barda, atropellándose.

—¿Cómo entraron? —estupefacto, desde su rincón, preguntó el Rosca y se tallaba los ojos con las manos como si no lo creyera.

—¿Qué cómo entramos, cabrón? La pregunta más bien es por qué nadie nos avisó de la fiesta, ¿eh cabrón?

—No güey, es que salió así nomás, no fue planeada —contestó el Rosca, y se incorporó lentamente en su rincón.

—¿Ah sí, y la música, tanto chupe? —dijo uno de los Monitos, tomando al Rosca del cuello y aventándolo contra la pared—, mira nomás, Rosquita, y nosotros que vamos llegando cuando ya se acabó, toda la gente se fue, mira, puro borracho tirado.

—No —dijo el Rosca incorporándose—, si están en su casa. Por favor sírvanse lo quieran y quédense todo el tiempo que quieran.

—No te hagas el pendejo, Rosquita —dijo el mismo Monito acercándosele de nuevo— ¿tú crees que de verdad nos interesan tus pinches fiestecitas para niños? No, Rosquita, ahora nos pagas con algo o te chingamos la casa.

—Bueno, todavía hay mucho chupe, tengo aquí unas tachas, güey. Lo que quieran.

—¿Y esta vieja? —dijo uno de los Monitos. Quitó a Gabriel de encima y desperté a medias—. Te la tenías bien escondidita, cabrón, y está buenísima—, dijo, pasándome una mano por la pierna. Gabriel también había despertado y logró zafarse del tipo que lo sostenía. Alcanzó a pegarle al que me había tocado, pero él le contestó un golpe en la cara que lo dejó tirado, y una vez en el suelo lo pateó hasta que dejó de moverse.

—Ya encontramos el botín de la noche —dijo, acomodándose la chamarra. Yo veía escenas entrecortadas, Gabriel en el suelo, dos tipos que me levantaban del sillón, otros que ponían cervezas sobre la carretilla. Lo último que vi, una vez afuera, fue la calle del Seven Eleven a lo lejos, más lejos los primeros colores incendiados de la mañana, y cómo dábamos la vuelta para internarnos en las calles sin pavimento, entre los charcos y las zanjas.

Juan José Gutiérrez P.

B. H. M.

Sumerge en el río a
aquel que ama el agua.
W. Blake

—Bueno mai, pásale, estás en tu cantón —me dijo el Kraken, que acababa de abrir la puerta de su casa—. Y disculpa el pinche tiradero.

—No tengas cuidado —le contesté mientras entrábamos—, eso es lo de menos. Ya bastante agradecido estoy porque aceptaste la entrevista.

El interior lucía bañado en oscuridad. Kraken se me adelantó.

—Pus ojalá no te arrepientas al final. Neta, nunca he dado una interviú en toda mi carrera —el joven jaló la cadenilla del foco, iluminando la estancia—. Oye... ¿Juan, verdad?, pus ponte cómodo en lo que saco unas chelas del refri, ¿no?

Yo le agradecí las atenciones en tanto buscaba dónde tomar asiento. Cerca de mí se encontraba lo que supuse la sala: tres maltrechos sillones cuyos agujeros, por donde asomaban trozos de esponja y resortes, me hicieron rechazar tal opción. Más adelante estaba una pequeña mesa de madera rectangular, con dos sillas de fierro oxidado a los lados. Decidí sentarme en una de ellas. Varias moscas iban a posarse sobre la mesa. Un pedazo de queso echado a perder les servía de manjar. La molesta presencia de los insectos, aunada a los muebles polvosos, las enormes grietas en las enmohecidas paredes y la tela podrida de las cortinas, completaba el cuadro de la vivienda. Mi anfitrión regresó de la presumible cocina trayendo dos botellas de Corona, una cajetilla de Marlboro y un cenicero. Puso todo sobre la mesa y habló:

—Qué bueno que te sentaste acá mai, no que esos pinches sillones nomás te chingan las nalgas... chale, se me olvida tu nombre.

—Juan, hombre, Juan.... Y tú Kraken, ¿no tienes un nombre real?

—Psí, pero me pasa más mi apodo: Kraken La Bestia. Me hace sentir bien gruexo y además suena chido, ¿o no? —el sujeto se sentó en la otra silla.

—Como tú digas —abrí mi cerveza—, supongo que para chavos de tu misma onda los apodos son tan importantes como la facha.

Él entrecerró los párpados. Pareció reflexionar respecto a mi comentario. Luego bajó la mirada observando su atuendo: su playera negra, su colguije con la cruz invertida, sus jeans rotos y sus enlodadas botas de minero.

—No creo verme más cabrón que algún otro colega mío —respondió, volviendo la vista hacia mí y cruzando sus tatuados brazos. Su gesto era burlón. Me sentí incómodo.

—Pues empecemos con la entrevista —saqué de mi portafolio una libretita y una pluma y di un trago a mi cerveza—. De nuevo gracias por todo. Mi ensayo acerca de la música marginal seguiría incompleto sin tu ayuda.

—Así soy de alivianado, mai. Tú pregunta.

—Qué te parece si me platicas cómo te iniciaste en la música y qué instrumentos sabes tocar.

—Eeehh... llevo un buen tocando, pero mi inicio en este pedo es cuento largo. Y pus, tú ya sabes qué instrumento toco... sin albur —el joven sacó el par de baquetas nuevas que traía en las bolsas del pantalón. Empezó a darles vueltas entre sus dedos como intentando verse despreocupado, indiferente.

—Sí, lo sé —respondí—, aunque el futuro lector no va a saberlo de antemano. En fin, eres baterista. ¿El nombre de tu grupo es...?

—El Semen de Mefisto... No pongas esa cara, mai. Hay bandas con nombres peores. ¿Has oído hablar de Los Excrementos de Dios?, ese nombre sí apesta, y ellos tocan feo pero jodido.

—Bueno, no le hace. No nos desviemos del tema... ¿Siempre has tocado con dicho grupo o has cambiado de bandas?

—Sí... la verdad, yo empecé en otra banda llamada Hatemyself —el Kraken tomó de su cerveza y prosiguió—, pero... hubo algunos pedos medio gruesos y nos desintegramos.

—¿Ah sí? ¿Podrías hablarme de los motivos del truene?

—Ps, si quieres, aunque eso me podría traer broncas después, güey, no sé...

—No te preocupes. Si lo prefieres, cambio tu nomb... perdón, tu apodo en la entrevista, pero tus anécdotas me servirían de mucho para complementar mi ensayo.

—Uh maestro, ni siquiera creo que te sirva como historia verdadera. Más bien pensarás que lo aluciné después de darme un toque —Kraken dejó las baquetas en la mesa. Su rostro se puso serio.

—¿Tan grueso fue el asunto? —pregunté asombrado de que un tipo de tan oscura personalidad temiera contar un simple incidente.

—Lo que pasa es que yo estaba bien morro cuando me dio por ser músico. Ya sabes. Uno ve los videos de rockers gabachos y ves el arrastre que tienen con la raza y que son bien famosos en un chingo de países y ganan buena lana y las chavitas quieren con ellos y ellos las meten en sus camerinos y se las cogen y todo eso... y pues uno se cree que ha de ser chida esa vida y no como en tu puta casa, con tu jefe jodiéndote que estudies o te largues a trabajar en fábricas o a vender madre y media en el metro y pus la neta yo me hice de una batería y me puse a dar tamborazos pensando algún día ser tan cabrón como los gringos, pero...

—Pero te diste cuenta de que no era como pensabas.

—Sí bato —Kraken tomó un sorbo más de cerveza—. Hacer música es un desmadre. Yo, que sólo aprendí a dar tamborazos a lo loco, nomás tuve cabida en un grupo como Hatemyself. Conocí al Death Pig un sábado en el Chopo. Él era el líder del grupo. De casualidá vivíamos por los mismos rumbos aquí en Iztapalacra y ellos necesitaban un nuevo baterista. No la pensé mucho. Me les uní, volviéndome un músico subte. La neta güey, ninguno de mis tres compañeros sabía tocar. Pero a nadie le importaba. El chiste, me decían, era hacer ruido y mentarle la madre a la sociedad falsa y mojigata... y, sobre todo, rendirle culto a las fuerzas malignas.

—O sea que... ¿tocaban rock satánico?

—Black Metal, pa' ser exactos, mai. Nuestra música era tan cojonuda que a ninguna disquera le interesaba nuestro demo: "No es rock comercial", nos decían. Pero el Death Pig los mandaba a la verga y seguía componiendo rolas.

—¿Él era el compositor?

—Yea, y también el representante —Kraken se acabó la cerveza de un último y largo trago—. Al principio creí que el güey era buena gente. Con el tiempo, me di cuenta del pedo tan cabrón y cagable que se traía, ¿me entiendes?

—Supongo que como líder no supo manejar al grupo y fracasaron.

—Nel. Nuestro fracaso resultó lo de menos. El pedo fue haberle entrado de a güevo a la Black Heavy Mafia. A ver, deja te explico: la B. H. M. es una organización under surgida en Europa, que se creó con la idea de acabar con todas las bandas falsamente ocultistas de aquellos países. Digo, eso fue lo que me explicó Death Pig hace ya rato. Según él, nuestro grupo era auténticamente satánico. Por lo mismo, representábamos a la B. H. M. en Mexiquito. Y ello nos obligaba a destruir a todas las bandas posers mexicanas.

—¿Quieres decir que ustedes...?

—Ya estás captando, maestro. Yo como integrante de Hatemyself tenía que ayudar a mis compas a boicotear las tocadas de los grupillos chafas, mínimo en Iztapalacra.

—¿Pero qué clase de boicot practicaban?

—De todo tipo mai: desde romper los carteles de sus toquines, hasta madrearles sus instrumentos, las bocinas o aventarles estiércol mientras subían al escenario.

—Órale. Ya entiendo por qué mencionaste lo de tener broncas si escribía al respecto.

—Uta cabrón, y ni siquiera te he contado lo peor del desmadre en el que nos metimos —el tipo tomó un cigarro para luego ofrecerme otro. Lo acepté.

—Desde que entré a Hatemyself me dediqué nada más a practicar los tamborazos y a joder a los grupos del barrio. Aquí en tu cantón, mi jefe apenas si me preguntaba qué tanto hacía afuera. Yo le decía cualquier pendejada para conformarlo. Como sea, a él le valía mi vida mientras me mochara con algunos varos pa' sus chelas o sus pirujas.

—¿Ya no vive él aquí?

—Aguanta brodi..., chingá, este pinche encendedor ya ni prende... eh, ah sí, te decía, aquí en la choza no tuve pedos por mis actividades extramusicales. Más bien todo se chingó cuando un par de tetas se cruzó en mi camino. En una de nuestras escasas tocadas en un deportivo de Neza conocí a Meche, una chava bien rica. Quiero decir bien sabrosa, no con varo. N'ombregüey, me reclavé con la morra esta. Me pasó desde el primer momento. Pa' mí era como una angelita metida por error en un hoyo infernal, lleno de puros diablos. Por lo mismo no me atrevía a declarármele, aunque ella se hizo fan nuestra y sobre todo cuata mía.

—Esteee... no quiero interrumpirte, pero tu tierno romance, ¿qué papel juega en todo el asunto anterior?

—A eso voy Juanito, a eso voy. ¿Ya ves?, ya te hablé por tu nombre. Ja. Bueno, la cosa es que entre más tiempo pasaba, nuestros actos reivindicadores del satanismo fueron haciéndose más numerosos y manchados. Por otra parte, mis ganas con la Meche crecían tanto como mi pena para decírselo en la jeta. La pinche casualidá quiso que el mero día en que me sentí con las pelotas suficientes pa' decirle la neta a Mechita, al Death Pig le entrara la puta idea de irle a madrear su casa al vocal de Muerte Reptante —el tipo tosió dos veces, un mechón de su larga cabellera le cubrió parte de la mejilla izquierda—. Neta que yo me opuse a realizar semejante mamada. Pero Death Pig me amenazó con sacarme del grupo si no los ayudaba. Chale, una cosa era boicotear tocadas de oportunistas y otra mancharse fuera de nuestro, ¿cómo se dice? ...ámbito.

—Y fue cuando te saliste del grupo.

—Nel, no mames, no te adelantes. Yo acepté ayudarlos porque el grupo era mi único atractivo social. Si me sacaban, ya no tendría con qué impresionar a nadie, ni a Meche. Así que esa noche acompañé a los Hatemyself y seguí sus instrucciones. Arrojamos piedras y cuanta chingadera agarrábamos hacia el jacal del hermano Muerte. Su familia, espantada, nos gritaba desde dentro que por qué lo hacíamos, que los dejáramos en paz. Luego salió el jefe del hermano Muerte echándonos bronca. El cabrón del Death Pig le sorrajó una piedra en el mero hocico, después nos ordenó ir a golpearlo hasta cansarnos. En lo que madreábamos al pobre ruco, el Death Pig se echó a correr riendo bien acá, bien loco. Ahí fue donde noté que nuestro líder no andaba muy sano de la tatema, y chance nosotros tampoco por seguirle la puta corriente.

—¡Put! —exclamé, rascándome la barbilla con los dedos—, no pensé que tu historia llegara a tanto. O sea que te pusiste a disposición de un loco peligroso.

—La neta sí, güey. Yo después le reclamé al Death Pig obligarme a una acción tan culera. ¿Pero sabes qué me dijo él? Pus que sólo era el principio y ninguno de los músicos poses de Iztapalapa se iba a salvar de la Black Heavy Mafia. Y lo dijo bien neto... excusarás si empiezo a hablar nerviosón, valedor, pero nomás de acordarme... El Death Pig se las ingenió para conocer la dirección de varios miembros de las bandas que le cagaban. La verdad, creo que sólo odiaba a los grupos que tocaban mejor que nosotros. Pura envidia o no, íbamos cada noche a una de las casas elegidas, con pasamontañas puestos, y nos dedicábamos a romper cristales o a pintar con aerosol paredes y bardas, o a echar huevos podridos en patios y puertas o a matar a los perros quesque guardianes... Llegamos al punto de quemarle la nave a un pobre güey que le caía en la madre al Death Pig: "Su grupo es una vil calca de Samael. No tiene perdón". Fueron situaciones bien gruesas. Y yo, como pinche borrego, contribuí a eso y mucho más —el Kraken guardó silencio de pronto, volvió a coger una de las baquetas y la apretó en su puño como deseando partirla en dos. Su rostro reflejaba un gran coraje contenido. Parecía una pantera a punto de soltar el zarpazo.

—Si quieres... otro día continuamos la plática. Ya es tarde y tengo que...

—Aguanta mai. Ya mero acabo —me miró con ansiedad—. La neta, quiero aprovechar orita que estoy encarrerado pa' desahogarme. Fúmate otro cigarrito, órale.

—Pues, si insistes...

—Mira, todo nos salía tan bien que nadie tomó eeehh... represalias contra nosotros. El pedo fue haber dejado a un lado las tocadas. Al Death Pig dejó de interesarle la música, nomás quería quedar bien con la B. H. M. y robar comida de las tiendas y llevar a cabo rituales satánicos en su choza o espantar monjitas rompiendo biblias en sus narices. Yo me cagué de todo. No quería ir a parar a chirona por culpa de mis alucinados vales. Mi viejo no hubiera intentado nada para sacarme. Así que cuando el Death Pig nos informó de los Neorradicales, un nuevo grupo de la zona que era odioso por su postura políticamente correcta y sus reuniones pa' organizar colectivos y jaladas así, pus yo ya no quise entrarle a más jodedera y estuve a punto de renunciar a la banda y llegarle con Mechita, a quien no veía en semanas, y ahora sí encamarla sin pretextos.

"Tenía su teléfono. Agarré valor y la llamé. Casi me vengo de la emoción al escuchar su aguardentosa pero cachonda voz en el auriculear. Me contó un putero de cosas; le conté un putero de cosas, menos las malas, claro. Pero chingá, siempre un pinche pero. A la hora de invitarla a salir "pa' decirle algo muy importante", ella respondió que no iba a poder porque ya había hecho planes con su 'nuevo novio, un músico ónder de un grupo llamado Los Neorradicales'. Punketos. Comprometidos. Anarquistas... En pocas palabras sus nuevos héroes."

—Casualidades como ésa únicamente se dan en las películas hollywoodenses —dije yo, queriendo poner humor en la ¿charla?, mas el Kraken ni me peló. Siguió hablando, con la mirada fija en la nada.

—Ya te imaginarás güey. Me dieron ganas de darme topes en la pinche pared. Pero nel, mejor me fui a casa del Death Pig. Le dije que estaba por fin decidido a joder a los cabrones punketos. Death Pig no entendió mi cambio de pedo, aunque no le importó mucho. Nos pusimos de acuerdo pa' seguir a los Neorradicales a donde quiera que fueran. Un día descubrí el lugar de sus mentadas reuniones activistas: un edificio abandonado, chance una bodega. Yo me ponía a espiarlos por una ventana sin vidrios. Los monos discutían no sé qué tanta madre acerca del gobierno, y que la lucha de los obreros, y que las marchas contra la represión y cosas desas. De veras me cayeron jodidos. No supe quién de aquellos pelos parados era el ojete que andaba con mi Meche, pero daba igual. Todos iban a valer madres por dárselas de muy políticos y no adorar a las fuerzas oscuras.

—Deja, adivino —lo interrumpí, ya más animado—, el Puerco y tú le dieron el pitazo a la policía acerca de las actividades transgresivas de los Neorradicales. Éstos fueron encarcelados y todo por culpa de ustedes.

El Kraken volvió a mirarme con gesto burlón:

—No Juancho, otra vez te adelantas al cuento. La verdad, el Death Pig me contagió de su sádica loquera. Por eso lo ayudé a entrar en la bodega vacía y esparcimos gasolina en todos los rincones. Por eso esperamos pacientemente a que los pelos parados entraran a su propia trampa y por eso puse cadenas a las salidas y encendí los cerillos y me reí junto con el Death Pig mirando de lejos el chingonérrimo chingonérrimo incendio... —en ese momento, la baqueta que el sujeto apretaba con tanta furia tronó; había quedado partida en dos, como parecía suceder con la racionalidad de mi conversador. Pensé largarme en cualquier oportunidad.

—Hijo, mai. Nunca hablé de esto con nadie antes, te lo juro por Dios, si es que ese güey existe —la voz se le empezó a quebrar de manera inevitable—. Los siguientes días me animaba a mí mismo diciéndome "nel cabrón, estuvo bien lo que hiciste. Todo sea por la B. H. M. y por Mechita y por el movimiento satánico y por, por...", pero yo sabía que en el fondo todo estaba mal. Luego, cuando quise volver a ver a Meche, me enteré de que ella había entrado en una depre muy culera; que desde la noticia de su chavo muerto ya no le interesaba salir ni hablar con nadie... Lo quería mucho al güey. Como nunca me iba a querer a mí —la mirada del Kraken se tornó caótica, obscena; sus ojos inyectados en sangre se detuvieron en mi libretita. Me levanté de un salto. Temí lo peor.

—Me disculparás Kraken. Ya es tardísimo, ¡put!, mejor mañana vengo y platicamos, ¿sale?

De repente el sujeto saltó de la silla y se abalanzó veloz sobre mí. Intenté esquivarlo pero él alcanzó a pescarme por la cintura. Se tiró al suelo, jalándome, y me miró con los ojos muy abiertos, como pretendiendo retenerme con la vista. Yo no me la acababa de miedo.

—Espérate maistrito, no seas así, déjame te cuento de las raras muertes de los chavos de Hatemyself o del suicidio de mi pobrecita Meche o de la muerte de mi viejo o de las sombras de cabezas puntiagudas que me siguen por donde quiera.... No me dejes solo cabrón hijo de la rechingadaaaa... ¡POR FAVOR!

Con extremo esfuerzo pude zafarme de aquellos potentes brazos. Me lancé desesperado a la salida mientras Kraken se arrastraba por el piso chillando. Abrí la puerta, salí y la empujé de inmediato con mi propia espalda. Me puse a resoplar cual poseído. Temblaba, sudaba, pero estaba a salvo. Iba a echar a correr sin parar, pero noté que tras de mí ya nada se escuchaba. Ni un solo ruido. Me volví, esperando ver abrirse la puerta. Para mi asombro, la miserable vivienda delante de mí parecía tan abandonada como una casona del siglo pasado. La oscuridad reinaba otra vez en el interior, según mostraban las ventanas ahora sin cortinas. Toda señal de vida se esfumó, al igual que el sabor en mi boca de los tabacos y la cerveza, o el olor del queso podrido. Mierda —pensé—, no vuelvo a pedirle una entrevista a cualquier greñudo loco que conozca en el metro; éste me resultó fantasma o algo parecido. Comencé a caminar por aquella calle sin luz, intentando tranquilizarme. Metí las manos en los bolsillos de mi chaqueta para cubrirlas del frío de la noche y grande fue mi sorpresa al sentir, dentro de la bolsa derecha, un trozo de madera delgado. Lo saqué. Era un pedazo de baqueta. Tenía marcadas unas palabras que leí, completamente perplejo: "Ignacio Navarrete, alias Death Pig".

Jorge Harmodio Juárez

NOCHE AMARANTA

La mortaja del amanecer abrazaba los últimos restos de la noche en que declararon muerto al candidato. Un primer disparo deshizo la chapa del baño, un segundo perforó la puerta y entonces el diputado Mancera Rubín se desplomó sobre el excusado, con el hombro herido y la convicción de que a él también le tocaría morir. El tercer disparo se le encajó en la pierna mientras él hundía su rostro en el remolino de mierda y sangre que daba vueltas y vueltas dentro de la taza. Quería ser líquido para huir por el drenaje, quería escapar de esa marcha fúnebre que tejían los taxistas a golpes de claxon por la ventana. Entonces el diputado federal de la nación hundió su recuerdo en la mierda, pues ya casi no le quedaba sangre, y abrazó la taza tal y como lo había hecho hacía dos semanas cuando (¡carajo!) su cartera cayó al excusado, apenas terminando de cagar y pues ni modo, en esos casos no hay charolazo ni influencia que valga: el señor diputado va y mete la mano en la taza arremangándose el saco, pues el discurso del candidato ya ha empezado, pero tan mal me arremango que se me mancha la manga de caca y ni modo de salir así a saludar al candidato y trato entonces de echarle una lavadita rápida a la mano la manga la cartera pero dónde se ha visto que en la sede del partido en el poder exactamente el día del solemnísimo aniversario no haya gota de agua ni en el lavabo ni en el excusado y entonces uno piensa: estos cabrones tienen al país como tienen al partido y pues ni modo iremos con todo y peste a felicitar al candidato que cuando voy saliendo del baño termina ya su discurso y yo pregunto por los aplausos los ha dejado mudos o inmóviles o conmovidos hasta que por ahí se escuchan unas palmas y al fin la ovación unánime lo acompaña al bajar del estrado a confundirse con los suyos que se amontonan y se apretujan y yo voy despacito haciéndome el desentendido entre la unánime mueca de repugnancia de los compañeros que se hacen a un lado a mi paso como si alguien se estuviera pedorreando ¡que falta de respeto compañeros! y así llego hasta el candidato y él hace un gesto por lo penetrante de mi olor pero me da bien la mano y con esa sonrisa suya me asegura: Tomás, no quepa duda, serás convocado a colaborar en mi campaña, me va haciendo falta gente de confianza. Los militantes abandonan el recinto. El auditorio respiró al fin aire fresco de la noche. Un lingote brilló en el futuro del diputado. El aire fresco de la noche entró por fin al auditorio cuando los militantes abandonaron el recinto. A pesar de la promesa del candidato, el diputado no estaba tranquilo. Algo en el aire lo inquietaba. Tomás Mancera Rubín abordó su vehículo y sintonizó la voz de su mujer, dándose el lujo de modular su volumen: Estás en el 3.1416 de tu cuadrante, entre el AM y el FM. Ésta es la noche... y yo soy Amaranta. Sean ustedes bienvenidas, queridas radioescuchas, a una noche más, Noche Amaranta. Esta emisión no es para ti, holgazán cervecero de futbol y domingo. Tampoco para ti, que la golpeas en tus madrugadas de borrachera. Y mucho menos para ti, perro machista, por abandonarla embarazada. Yo te hablo a ti, delicado pétalo de rosa, mariposa de cristal que vives sometida, lánguido suspiro de princesa. Y también a ti, no creas que te olvido, querido ángel de la noche, excepcional variante de tu sexo que vigilas la ciudad al compás de tu taxímetro, expiando el pecado de traer eso entre las piernas aquí, en esta Noche Amaranta. Hoy en particular, estamos tristes. Porque a ti, picaflor nocturno, caricia anónima que vendes tus noches bajo las farolas, te han pisoteado. Una vez más el sexo burdo se ha aprovechado de tu frágil pecho. Tengo en la línea, queridas radioescuchas, a una víctima más de la opresión sexista en que vivimos. Por respeto a nuestra amiga, la llamaremos Violeta. Buenas noches, querida Violeta. Buenas noches doñamaranta. Cuéntanos tu tragedia, somos tus amigas, te comprenderemos. Pues mire usted doñamaranta, estaba yo en mi esquina, ¿si sabe que yo trabajo de...? Sí Violeta, se lo he contado a nuestras radioescuchas, pero antes dime una cosa, ¿en dónde te ganas el pan de cada día? Ahí en la Cuauhtémoc, cerquita de la delegación, y pues le decía que me cayó un señor, se veía decente, buen carro y todo, así que me fui con él y cuando llegamos al hotel... Perdona que te interrumpa, ¿podrías darnos el nombre del hotel? Encanto. Tomen nota, queridos ángeles de la noche, hotel Encanto, ¿cerca de la delegación, verdad? Sí, a dos cuadras, y pues le comentaba que el señor se veía bien, arreglado y todo, y pues una hace su trabajo lo mejor que puede, y ahora sí que una no tiene la culpa de cómo sean las personas, el señor era pues de esos rapiditos, apenas lo estaba yo calentando cuando él ya... ¡Un eyaculador precoz, como si no tuviéramos suficientes! ¿Y tú qué hiciste Violeta, cómo te manifestaste? Pues yo le dije que yo ya me iba pero él me dijo que no, que yo le había prometido veinte minutos y entonces pues yo le expliqué que eran veinte minutos pero nada más un palito, así es como se trabaja. Violeta querida, modera un poco tu lenguaje, ya ves que en este país de machos tenemos prohibido llamar a las cosas por su nombre. Disculpe doñamaranta, es que con usted siempre me pongo nerviosa; y pues le decía que el señor no me dejaba ir, me agarraba y me jalaba y de repente me empezó a pegar. ¡Te golpeó, el salvaje! Sí doñamaranta, y me empezó a sobar por todos lados y luego me mordió en las, las, ¿cómo les digo doñamaranta? Los pechos, Violeta. Sí, ahí mero, me mordió bien duro y pues yo trataba de zafarme pero no podía y al fin cuando me zafé empecé a sangrar toda. ¡Te arrancó el pezón! Pues yo creo... sí doñamaranta. ¡Dios mío, qué clase de monstruo! ¿Qué automóvil traía ese salvaje? Un Mustang morado. Por favor, amigas, amigos, apelo a su solidaridad para vengar el pequeño pezón de nuestra amiga, ángeles de la noche, queridos míos, escuchen bien esta descripción, Mustang morado, ¿recuerdas las placas? No doñamaranta. No importa, ¿nos podrías describir a esa hiena machista? Pues era chaparrito, canoso, con lentes, y traía aliento alcohólico. Amigas, éste es un caso más de impunidad hacia nuestras hermanas del sexoservicio; por favor, ángeles de la noche, movilicen sus unidades, busquen hasta por debajo del asfalto a la bestia que ha arrancado esta indefensa violeta de nuestro jardín. Y por favor Violeta, no cuelgues, vamos a comunicarte con las autoridades.

Queridas radioescuchas, hermanas, he aquí un ca... *Clic*. ¡Pinche vieja loca!, exclamó el diputado y pisó el acelerador de su Mustang morado hasta el fondo, como si lo hundiera en el cuello de su esposa, pero ya una plaga de taxis verdes le cerraban el paso como si brotaran de las alcantarillas. Tomás Mancera Rubín maldijo la hora en que, gracias a su influencia, su ama de casa se había transformado en una mariposa del cuadrante. Él le había conseguido ese trabajo con la esperanza de salvar el matrimonio. Se había equivocado. Ella no perdonó las secretarias, las asistentes, los viajes, las borracheras y tantos otros avatares propios de la profesión de diputado. El programa de radio le dio valor. Dejó de hablar, comenzó a gritar, a dormir sola, a insultarlo al aire, a partir en dos un matrimonio naufragado. El Mustang se incrustó en un poste. El diputado Mancera Rubín apenas tuvo tiempo de correr hacia una patrulla que providencialmente apareció en la esquina. De la cartera sacó su pestilente identificación y la mostró a los oficiales gritando ¡Cámara de diputados! Tomás entró a la patrulla, recargó el rostro en el cristal blindado y respiró tranquilo. ¿Pues dónde se habrá metido el chingado diputado?, balbucían los policías la nariz entre los dedos y qué chingados hago yo en una patrulla rodeada de taxistas amaranta explícame el odio de sus ojos que tan bien se mezcla con esta hediondez mía amaranta si me concedieras el micrófono un segundo te podría contar que ya va una semana y yo todavía no puedo cagar ni siquiera una bolita porque cuando me bajo los pantalones y me siento en la taza recuerdo la cartera y la mano del candidato sobre la mía y el culo se me cierra como si negara el hedor de lo que he visto y he escuchado en los corredores del partido amaranta si por lo menos me abrazaras y esa voz tuya me dijera que todo va a estar bien que no le va a pasar nada al candidato pero tú encoges los hombros y te vas a tu programa a soltar injurias al aire sin importar que él me haya dicho que cuando sea presidente estaremos cerca del poder lo respiraremos lo transpiraremos seremos el poder y quiero que lo seamos juntos amaranta si me pudieras curar este estreñimiento si pudieras besarme el culo y abrirlo poco a poco con ternura y si pudiera correr yo a tus brazos como un niño y mostrarte orgulloso que después de tus besos he cagado dos bolitas pero tú no escuchas ni abrazas ni arrullas tú desapareces en el micrófono cerquita de tus labios y como si lo estuvieras mamando me dices al oído, estás en el 3.1416 de tu cuadrante, entre el AM y el FM. Ésta es la noche... y yo soy Amaranta. Sean ustedes bienvenidas, queridas radioescuchas, a una noche más, Noche Amaranta. Amigas, esta emisión está de luto. Como ustedes saben, el candidato a la presidencia de la república ha sido acribillado hoy por la tarde, en una ciudad del norte. El país se nos deshace entre las manos gracias a esa horda de machos fetichistas que nos gobiernan. ¿A quién perjudicaba ese hombre sonriente? Nunca lo sabremos. Sólo nos queda fingir que nos refugiamos en nuestras pequeñas cosas mientras urdimos juntas una estrategia efectiva para hacernos del poder, nosotras, las mujeres. Queridas radioescuchas, en esta noche, la más negra de nuestro país en muchos años, guardemos un minuto de silencio... 60 59 58 57 56 55 54 53 52 51 50 (¿me lo enseñas?) 49 48 47 46 45 44 43 42 41 40 (déjame chuparlo) 39 38 37 36 35 34 33 32 31 30 29 28 27 26 25 24 (mmm... estás deliciosa) 22 21 20 19 18 17 16 15 14 13 12 11 10 9 8 7 6 5 4 3 2 1 Noche Amaranta expresa sus más sentidas condolencias a la familia del candidato. Pero la vida sigue, el tiempo corre y nuestros dramas femeninos persisten. Hace dos semanas ya, seguro lo recordarán, nos habló nuestra queridísima Violeta, la del pecho lacerado. Recordarán su tragedia. Pues bien, entre tanta desgracia tengo el placer de comunicarles que nuestros ángeles de la noche organizaron una colecta para financiar la cirugía plástica de Violeta. Hoy la tenemos aquí en el estudio, hace una semana que salió del quirófano. Vino a agradecer personalmente a esos queridísimos ángeles guardianes, que con el sudor de su taxímetro la han salvado del desempleo. Gracias a su generosidad, esta misma noche nuestra amadísima Violeta se reincorpora a sus quehaceres profesionales. A esos héroes anónimos, vaya desde aquí nuestro homenaje. Ahora quisiera, en este programa tan triste, tan especial, hacer una excepción y recordar a un hombre que ahora está sufriendo. Un hombre perverso, como todos. Un hombre que me hizo sufrir como ninguno. Pero un hombre al que, seguramente, las balas que acabaron con el candidato le han calado hondo. Un hombre que llora en una cantina sin consuelo. El diputado Mancera Rubín se lleva las manos a la cabeza mientras observa una y otra vez la repetición del atentado. La cantina está vacía. Sus colaboradores lo han abandonado. Celebraban que por la mañana el candidato había telefoneado para notificarle su nuevo nombramiento: ya te lo dije, Tomás, me va haciendo falta gente de confianza. Yo debí contestarle señor candidato mi saludo te manchó el destino chingada madre si yo perfectamente olí esa noche los presagios los aplausos sin ganas los rostros sombríos y mi mano echándote una bola de mierda encima y tú qué me ves pendejo mejor sírveme un tequila y en lugar de darle las gracias y mamarle la corneta por el nombramiento le debí advertir que no fuera a ese mitin pero preferí ponerme hasta mi madre ¡ya agarramos nombramiento, compañeros, ahora vamos agarrando el pedo! pero el corte informativo nos aguó el noveno brindis y entonces te vimos morir en el recuadro de la televisión con el tequila atragantado sin concebir lo que mis ojos me decían ¡viva méxico jijos del asesino! ya no te hagas pendejo y sírveme esa caminera que méxico y yo tenemos prisa por irnos a llorar entre las patas de una puta, y las estrellas apuñalaban esa noche, la última del diputado. Las calles se quedaron vacías. Sólo algunas camionetas rápidas, con la sirena arriba. El ejército acuartelado. La ciudad en penumbra, iluminada apenas por el reflejo de las televisiones encendidas. El diputado federal de la nación era un Mustang dando vueltas en el barrio de las prostitutas, que por estar pendientes del noticiero habían dejado desiertas sus esquinas. Casi todas. Todas excepto una. Una que prefería el radio a la televisión. ¿Cómo te llamas? Violeta. Qué bonito nombre tienes. Gracias, aquí dele a la izquierda. Encanto, encantador. Por favor págueme, voy por la llave. ¿Cuánto por toda la noche? No señor, si nada más es un palito, ¿qué no ve cómo están las cosas? Ni madres, tú y yo vamos a amanecer juntos. Ochocientos. Toma mi cartera, pídenos una botella de tequila. Señor, con esa borrachera ni va a poder firmar. Ven mamacita, así, así, ven mi Amarantita, acercate, así. Cosita linda. Yo creo que no se le va a parar, ya está muy borracho. Ve y pide otra botella... champán, méxico dice que hoy quiere champán. Pero ni se ha acabado su tequila. ¡Que le traigas champán, te digo, toma la cartera! ¿Y esta foto? ¡Pero si es doñamarantita cuando era chiquita! ¿Me la regala? No me lo va usted a creer pero doñamarantita me quiere mucho, viene aquí casi siempre, antes de irse a su programa, a que la abrace y la acaricie y esas cosas, y pues ahora sí que a mí no me gusta la tortilla pero a doñamarantita yo no le puedo negar nada, es bien buena gente, aunque viera usted que el otro día se emocionó tanto que me dio una mordida y me arrancó esta chichi ¿ya vio? aunque ya ni se me nota, ella me llevó con un doctor a que me pusiera una de plástico, hasta parece de a de veras ¿verdad? Espérese, déjeme ¡no, así no, con los dientes no! ¿por qué? ¿por qué me…? Una lágrima de silicona rodó por las mejillas de la madrugada, canta y no llores, hasta una Plaza Garibaldi cielito lindo vacía en donde un mariachi ya en pijamas complacía al último borracho de la noche, ahora tóquenme *Paloma Negra* cabrones, más respeto cuñao, más respeto al músico y el diputado federal de la nación se limpiaba la saliva con la manga del saco tú eres una perra traicionera y tú un pendejo por dejarte asesinar y yo un diputado que se las olía y tú qué me ves pinche taxista ignorante ven méxico y yo te vamos a convidar de nuestro champán y te vamos a contar unos secretos de estado ¿no tienes algo para el estreñimiento? pinche naco estoy seguro de que nunca en tu vida has probado el champán espérate no te vayas no te he contado que mi vieja me engaña con otra vieja. ¿Bueno? ¿Doña Amaranta? Soy un ángel de la noche, me estoy reportando desde Plaza Garibaldi, tengo aquí a un diputado que está gritando que él sabe por qué mataron al candidato y que él debió haberlo prevenido. Querido ángel de la noche, eso es muy grave, ¿estás seguro que se trata de un diputado? Sí doñamaranta, me enseñó la charola. ¿De qué color es su vehículo? Queridas radioescuchas, si en nuestras manos está ayudar a esclarecer el magnicidio, es nuestra responsabilidad comunicar este incidente a las autoridades. Cinco camionetas Suburban llegaron a Garibaldi y se llevaron al diputado. El camino hasta la procuraduría de justicia le pareció muy largo. Los judiciales prepararon los utensilios para la tortura. El agua mineral se había terminado. Decidieron practicarla con el champán del diputado. A ver cabrón, quién mató al candidato. Ya méxico, diles. Mira cabrón, al candidato lo mató un pinche loco ¿me oíste? ¡un pinche loco! ¿Entendido? Y tenemos órdenes expresas del Sr. Procurador para no moverle más. Superpoli fragilítico acribilla burp ¡Más chile, hasta que vomite el cabrón! ¿Entendido güey? Entredientes ebrios burbujeante digo sí. Sabemos donde vives y quién es tu mujer y nos la vamos a chingar si vuelves a abrir el hocico, ¿entendido? Ya párele jefe, tiene fuero federal. ¿Quién mató al candidato? Uno y solo y pinche y loco y psicópata y asesino y además bien pendejo. Nadinadie. Los hizo solisólo él. Ya llévenselo, ya está desvariando. Tírenlo por ahí. En un basurero. Ahí, por donde pasó un ángel de la noche. Con cuidado lo subió a su taxi. El diputado apenas pudo indicar el rumbo de su casa. El camino fue largo. Conversaron. Conversamos, doña Amaranta, conversamos mucho, lo suficiente para enterarnos de que es usted una puta mentirosa (¡saquen del aire esa llamada, controles, despierten carajo!), que lo del pezón fue cosa suya, que lo hizo para que nos jodiéramos a su marido, que nos ha mentido, nos ha robado (¡fuera del aire, controles, despierten!) y que por nosotros se puede ir al diablo pero antes la vamos a esperar aquí para hacer las cuentas cara a cara. Amigas, en homenaje a la memoria del candidato asesinado, suspendemos nuestra emisión por el día de hoy. Marcos Carrasco le proporciona, minuto a minuto, la hora exacta del observatorio astronómico: las seis en punto. *Biiip*. Mexicanos al grito de guerra, el acero aprestad y el bridón y retiemble en sus centros esa tierra que rodaba desesperada bajo el auto de Amaranta. Una horda de taxistas la esperaba. En cuanto la vieron echaron a sonar sus bocinas. Amaranta entró a la casa por la puerta de servicio y subió corriendo las escaleras. Los taxistas trepaban ya la barda. ¿Dónde estás, cabrón? gritó Amaranta cortando cartucho. Un primer disparo deshizo la chapa del baño, un segundo perforó la puerta y dos contenidas semanas de incertidumbre inundaron de mierda y de cierto alivio el entorno de Tomás Mancera. Cuando Amaranta abrió la puerta lo encontró abrazando la taza, mierda y sangre confundidas. Nos tenemos que ir, señor diputado, y lo liquidó en tres tiros. Los taxistas forzaron al fin la entrada. Una confusión de voces subió por las escaleras. Amaranta besó el cañón de la pistola, lo atrapó en la boca y recargó el metal helado en la garganta. El avión con los restos del candidato tocó tierra en el preciso instante en que los taxistas, armados con llaves de cruz, contemplaban a Amaranta en la mierda, jalando una y otra vez el gatillo de un revolver vacío.

Y el sol salió de nuevo, a abrazar el cuerpo de esta ciudad exhausta.

Julián Herbert

Soñar el sol

Para Eduardo Antonio Parra

Quién piensa en el Mal esta noche, cuando Andrea baila tras un velo de humo y el vaso sube mansamente hasta mis labios y las luces no paran de girar. Quién se esconde del Mal cuando los cuerpos viajan rumbo a la indiferencia, rumbo al país de resplandores infinitos y canciones que huelen a sudor. Qué opina el Mal mientras Andrea busca mi oreja con sus labios, mientras murmura que aquí todo *fluoresce*, o algo semejante, o apenas un suspiro que la música disfraza de palabras. Dónde está el Mal, me pregunto, y entonces mi vaso se ilumina de rojo: una mezcla de azúcar y de alcohol.

La descubrí como a las once. De seguro entró con los primeros que aceptaron invitarle el cover, un par de esos payasos que viven en la Del Valle y a los que uno reconoce fácilmente porque derrochan cientos de dólares en camisas horrendas y beben el tequila a pico de botella.

Tuve la impresión de que no se sentía a gusto con ellos, así que anduve rondándolos sin que lo notaran. Pidieron un par de tragos y, luego de cierta insistencia, la convencieron de que bailara con ambos. A la segunda pieza comenzaron a fajarla uno por cada lado, con esa técnica de sándwich tan en boga en las discotecas, hasta que a Andrea le ganó el fastidio y fue a instalarse en una mesa individual. Los juniors se le acercaron todavía, pero ella esgrimió un autismo tan convincente que, al poco rato, prefirieron largarse en busca de otro trago y otra chava menos apretada.

Al principio me pareció una más de las niñas que suelen ir al Coco Loco: siempre la ropa oscura y el cabello suelto, la bolsita colgada a la espalda y ese estudiado afán de parecer, desde todos los ángulos, algo que tú no deberías perderte. Sin embargo, no tardé en descubrir algo distinto, tal vez el gesto de impaciencia con que despedía a los tipos que se le acercaban. Antes de abordarla quise memorizar sus facciones: primero por pura inercia, luego como si le estuviera esculpiendo los rasgos. Como si se tratara de una piedra de la que yo sacaría una antigua receta de belleza.

Ahora es cerca de la una: llevamos un rato bailando. Bebemos y nos miramos a los ojos. Por encima de nuestras cabezas la música repite, una y otra vez, el monótono acento de un tambor electrónico. Las luces arden con un furor que nos desvanece, el ambiente resuena y apesta a indiferencia. Muy lentamente, el Coco Loco comienza a meter cierto desgano entre mi cuerpo y el de Andrea. Siento el olor de la gente: un tufo de pellejo que los perfumes apenas desdibujan. Siento el fluir de líquidos y gases en todos los vientres, la baba que gotea discretamente de un labio, el exceso de música y vodka-uva y cocaína que atraganta los cuerpos. Los ojos me duelen y las luces temblonas me dan la sensación de un mundo viscoso, amasado con chicles y trozos de gelatina.

Ya no hay tiempo.

—Vamos a dar una vuelta, ¿no?

Ella me mira entornando los párpados al estilo de una diva de los cuarenta. No sé si lo hace para seducirme o porque de plano está borracha. La tomo del brazo y pego mis labios a su oreja. Repito:

—¿Qué, pues? Vamos a dar una vuelta. Es que esta luz ya me tiene hasta la madre.

Andrea no deja de mirarme. Inclina el torso hacia atrás y se muerde los labios.

—¿Las luces qué? —contesta (pregunta).

—Las luces, mamacita: ya no las aguanto.

—Ups —liberando su brazo con suavidad—. Mira qué delicado.

Logra zafarse y se aleja un poco. Sonríe y se balancea desmañadamente al compás de las innumerables bocinas. Los brazos extendidos y los ojos cerrados parecen gozar. Su cadera va y regresa bajo la faldita negra, las manos se entrelazan a la altura de la frente y poco a poco descienden por los pechos, se alargan sobre el vientre desnudo, rozan el pubis y vuelven a subir, tensas, hacia las luces de colores. Un mechón brilla mojado entre los labios. Los movimientos de la cintura hacen del ombligo un largo trazo. Un hilo de sudor escurre por el cuello y, de vez en cuando, Andrea lo limpia con un dedo para luego embadurnarlo sobre el top de lino.

Cerca de mí otros cuerpos, otras maneras de saltar rítmicamente, dar vueltas, tocar a los desconocidos. Cierro los ojos y percibo la sangre de los danzantes, el fluir acompasado, más exacto que la música, más abundante que el sudor que escurre por cabellos cortos y largos y llega al piso y parece encharcarse en algunos rincones de la pista. Toda una danza, una danza sin fin, más estruendosa que cien tambores, vibrando en las arterias, repitiendo una misma frase. Una voz.

—Entonces, ¿qué onda? —me acerco. Paseo mi lengua y mi aliento por su cuello hasta llegar de nuevo a la oreja—. Vente conmigo, ¿sí?

Me mira con un brillo de humedad en las pupilas. Al fin pregunta:

—¿Tienes dinero?

—Algo —vuelvo a cogerla del brazo—. Suficiente.

—¿Suficiente como para qué?

—No sé. Suficiente para algo que te divierta más que estar aquí.

—Órale pues. Entonces vamos por Mary.

Bajo la luz del pasillo que lleva a la salida, veo su silueta delante de mí, tan delgada que, en ella, los pechos no ocupan lugar. Aun así me parece una silueta apetecible, grácil y al mismo tiempo *densa*, como el aire que se queda entre el humo de un cigarro. En la banqueta nos topamos con alguien a quien saluda, de seguro otro galán de la Del Valle. Andrea le dice algo al oído y el tipo suelta una carcajada. Luego se besan en las mejillas y dicen "chau". Un gordo enmicrofonado nos detiene y ofrece que la Van de la empresa nos dé un aventón hasta el estacionamiento.

—No, gracias —le digo—, vengo a pie.

En la esquina paramos un ecotaxi. Ella da la dirección de uno de esos bares que sólo frecuentan adolescentes. El coche se enfila por Cuauhtémoc.

—¿A qué vamos ahí?

—A buscar a Mary. Hijos, qué mala suerte que no tengas coche, manito… este… ¿Miguel?

—Sí. Miguel.

—Qué mala suerte, Miguel. Los coches son un aliviane.

—¿Para qué necesitamos a Mary?

—Para lo que te estás imaginando, ni creas —dice, soltando un hipo de risa—. No, es que ella trae las llaves del Casinito.

Estoy a punto de preguntarle qué es eso del "Casinito", pero se me ocurre que a cierto tipo de chavas les encanta fingir algún misterio y hacerlo perdurar, así que mejor me callo la boca.

Por la ventanilla pasa el asfalto de Monterrey: hinchado, negro y apestoso como un insecto del verano. Son casi las dos de la mañana, pero el calor sigue siendo insoportable. En las calles, la noche desdobla sus trucos y sus sirenas, su gato y su cascabel, su viernes. Algunas putas disimuladas recorren las peatonales de Jiménez, Juan Méndez y Colegio Civil, a la altura de la Calzada. Miran hacia un lado y otro, con su viejo temor de mortales extraviadas en un mundo de monstruos y sicópatas.

Bajo las luces del alumbrado veo a mis anchas el rostro de Andrea: como mucho, diecinueve años. El disfraz de niña dark le sienta espectacular: lipstick morado, ojeras falsas y, esparcido por el rostro, un relieve blancuzco que trasciende todo lo que yo pueda saber de maquillaje. En sus lóbulos, tres pares de aretes de cuero. En sus ojos /

Ella también pasa su vista sobre mí con una expresión que es mezcla de extrañamiento y complacencia. Se inclina y me susurra:

—Tss. De seguro te estás metiendo mucha raya.

—¿Qué?

—La palidez. La respiración reseca, sin saliva —parece recitar fríamente, aunque su mano me acaricia el muslo—. Los poros abiertos, las manchas rojas en los párpados. Es la raya, Miguel, yo sé de eso. Mi chavo también estaba enganchado… ¿Cuántas noches llevas sin dormir?

—Ay, mi niña. Más de las que te puedes imaginar.

Nos detenemos en la esquina de Escobedo. Pago el taxi. Mientras le abro la puerta, un delgado hilo de decepción me ciñe la tráquea. Tras el portón, una banda se hace pedazos intentando llegar a algún acuerdo melódico.

—Me duele la cabeza —digo—. Mejor te espero acá afuera.

—Como quieras. Se me hace que te está dando la malilla.

—¿Dónde aprendiste a hablar así?

—En el rol. ¿Quieres usar el baño? No, pero aquí está bien lleno, te van a balconear. ¿No prefieres que se te baje?

—Andrea, no seas terca: me duele la cabeza, pero no necesito que se me baje nada.

—Como quieras —repite, no muy convencida. Se encamina a la puerta del bar, pero antes de llegar se vuelve hacia mí—: No creas que me estoy friqueando. Mi novio lleva un mes internado. Es bronca de él, no de nosotros. Nomás digo que a lo mejor te hace falta dormir.

—Ya dormí todo el día.

—Como quieras —vuelve a decir, y una sombra de tristeza le adelgaza la cara.

Cruza unas palabras con el encargado de los covers y luego se pierde en la marea de sonidos que emerge del bar. En cuanto se halla fuera de mi vista, me hago a la idea de que ya no saldrá. Las piernas me tiemblan y una ansiedad atenuada hace que comience a morderme los labios. Es como si una espesa oleada de vacío me golpeara la cabeza. Es tarde. Decido aguantar unos cinco minutos... Pero ella sale de inmediato, ahora con un visaje de alegría que casi me lleva a desconocerla. Trae del brazo a una muchacha bajita, de su misma edad o quizá más joven. En la mano izquierda, entre el índice y el pulgar, sostiene una cápsula verde que pone frente a mis ojos.

—Ya pensé cómo me voy a divertir, y tú también te vas a alivianar. ¿Nos invitas a Mary y a mí unas pericas? Ésta es mi amiga Mary. Éste es Miguel.

—Pero no creas que te vamos a agandallar —dice la amiga con una voz concienzuda—: nosotras ponemos a cambio una botella de ron.

—Hola, Mary. Oye, Andrea, deveras: me duele la cabeza.

—Uy —insiste Mary—, pues ahora es cuando mejor te va a caer la perica.

Por un instante no entiendo. Luego miro la cápsula verde que casi roza mi nariz: un destello del alumbrado resbala por sus bordes. Me dan ganas de darles dinero e irme. Pero no:

—Órale pues. Yo invito.

Andrea no vuelve a mencionar el tema de "la raya". Recorremos un par de calles y hacemos una parada en un carro de hot dogs, a la altura de Isaac Garza. Ahí, ellas piden seis pericas. Mary le comenta al perrero que yo no conozco las cápsulas, y él apunta, con voz alta y nerviosa:

—No, loco, estas ranflitas te van a encantar. Son casi casi como la coca, y mucho más baratas —Andrea me mira de reojo y sonríe, como si en las palabras de este baratero ella estuviera salvándome la vida o las finanzas—. Pero eso sí, loco, pa' que amarren te las tienes que echar con un pisto.

Seguimos por Escobedo hasta Santiago Tapia y luego doblamos en Galeana. Finalmente nos metemos en un largo pasillo flanqueado de puertas viejas, graffiti y paredes descascaradas. Es al fondo; "¡el Casinito!", pienso, y no puedo aguantar la risa.

Sin embargo, cambio de opinión en cuanto se abre la puerta: lo que desde fuera parece un cuarto de vecindad es en realidad una casa más o menos confortable, aunque diminuta. A la entrada hay un recibidor amueblado con dos sillones, dos sillas y una mesa demasiado grande para servir como centro y demasiado enana para ser el comedor. Las paredes están tapizadas de dibujos. Después, siguiendo a Andrea con la mirada, descubro un cubo de unos dos metros cuadrados donde la estufa se ve enorme. A juzgar por las puertas, debe haber también una recámara y un baño. En un afán de cortesía pregunto:

—¿No les cuesta muy caro vivir en el centro?

—Esta vecindad es de mi papá —contesta Andrea desde la micrococina—, y él me da chance de estar aquí porque mamá me corrió de la casa. Es que la esposa de él tampoco me aguanta.

Hago cuentas rápidas y calculo que serán casi las tres de la mañana. Sobre la mesa hay un radio. Lo enciendo sin pedir permiso. Eso es: como si ya antes hubiera estado aquí, como si Andrea hubiera estado buscándome. Me tardo unos minutos en ajustar las estaciones. Por fin aparece algo: *Happy together*. Una rolita de mis tiempos. Sin pensarlo, digo:

—Esa rolita es de mis tiempos.

—¡Estás loco! —responde Andrea de espaldas a mí—. Esa pinche canción es de tiempos de mi papá.

—Ah.

Mary pregunta:

—¿Quieres ron?

Su vista me recorre con un dejo de desprecio mientras camino trabajosamente y me instalo en uno de los sillones. Su voz ya no me parece tan concienzuda, tal vez por la emoción que le causa la cápsula en su mano.

—Sale.

Se mete a la cocina y susurra para Andrea algo que no alcanzo a escuchar. Las dos ríen bajito.

Los pechos de Mary me gustan más que los de Andrea, aunque el conjunto de su cuerpo no: no es una figura precisa, más bien parece velada por las ropas negras e informes. Pero los pechos están bien. Lleva botas militares y algo así como un short o falda o no sé qué carajos que francamente la desfavorece. Ella nota que la estoy viendo y voltea hacia el recibidor. Hace una mueca.

—Me estás devolviendo la viboreada, ¿verdad? No hay bronca.

—¿Te lo mando arreglado? —pregunta Andrea, dirigiéndose a mí.

—¿Eh?

—El trago.

—Ah. Sí, gracias.

Andrea vacía la cápsula en un vaso que ostenta la palabra "café" escrita en un montón de idiomas, y se lo entrega a Mary haciendo señas de que lo mezcle. Luego va de la cocina a la recámara y de la recámara a la sala. Se pone una bata. Me da un beso fresco, abierto y suave. Su lengua se desliza sobre mis dientes y cosquillea en mi paladar como un animal de piel rasposa. Quiero abrazarla, pero ella escapa y se mete al baño. Antes de cerrar la puerta pregunta:

—¿No hay otra estación?

—¿Qué hay de malo con ésa?

Mientras, un anunciador grita con voz de disco viejo: "ladies and gentlemen: ¡the fabulous Joe Simon!", y luego atruenan los percudidos acordes de *Say*.

Miro alrededor: aparte del radio y los muebles, sólo hay un envoltorio de ropa. Los dibujos de las paredes están hechos en hojas de cuaderno y pegados con cinta scotch: búhos, momias, demonios nocturnos. Pero lo que más abunda son paisajes boscosos, una exuberancia de árboles que de seguro salió de un sueño o una postal y que no tiene nada que ver con este país. Mucho menos con esta ciudad.

—Son de Andrea —dice Mary, alargándome el vaso—. Según esto quiere ser pintora, pero la huevona no se mete a estudiar.

—Hace bien. Las escuelas sólo sirven para joder vocaciones.

Mary toma mi mano y cambia de conversación:

—Oye manito, nunca había conocido a alguien tan pálido como tú. Y hace rato, cuando me recogieron en el toquín, no me di cuenta de que tenías estas arrugas.

Las yemas de sus dedos se posan en mis párpados.

—¿Cuáles arrugas?

—Éstas. Aquí junto a los ojos. Mírate en el espejo.

—No, no. Ya sé cuáles. ¿Se notan mucho?

—Parecen de alguien más ruco, ¿no?... ¿O cuántos años tienes? Oye, Miguel, qué charra la estación que pusiste, neta.

De pronto se esfuma el dolor de cabeza. Arrugas pálidas. Otro trago de ron. Recorro a Mary con la vista y eso le gusta, a Mary le gusta, Mary está poniéndose contenta. Los ojos muy grandes y muy negros.

—Todavía estoy chavo, aunque no lo creas.

Vacío el resto del vaso. El efecto de la cápsula y el ron es inmediato: un deseo muy claro de contemplación. Acelerado. Sin sensaciones. Estoy clavado en la blusa de Mary porque su dibujo me interesa. Arriba una franja amarilla dice en letras negras ÚNETE A. Al centro, en una fotografía, hay tres seis siete cuerpos, no: seis cuerpos pero siete cabezas; las cabezas llevan máscaras de madera o de fibra, de madera, es que la foto es blanco y negro, los cuerpos desnudos, taparrabos de manchas negras y blancas y negras, y luego abajo letras negras y amarillas: LA RAZA.

La miro así, nada más: no hay emociones.

—Te dio rápido, Miguel. Qué envidia. A mí siempre me tarda.

—No...

Río muy fuerte y Mary me observa complacida.

—Ándale, pinche Andrea —grita, pateando la puerta del baño—. No te vamos a dejar ni madres, ¿eh?

Andrea no contesta.

—Pues sí —digo, acercándome a Mary y tomándola por los hombros—. Ahí tienes de qué ya me estoy arrugando...

—Te raspó la garganta, ¿verdad...?

La estrecho.

—El vaso...

* * *

Le estoy quitando la blusa (ÚNETE A LA RAZA) y secándome el sudor con el lado de la tela que no tiene dibujo. Contemplo un momento el torso desnudo, el pequeño globo de grasa que se infla hacia el abdomen. La llevo en brazos hasta la recámara y acomodo una almohada bajo su cabeza. Salgo. Apago la luz. Cierro la puerta.

Ya en la cocina, pongo en mi vaso un poco de ron y diluyo otra cápsula. Creo que antes de irme voy a llegar por más al puesto de hot dogs. No, mejor hoy no: ya van a ser las cuatro. Doy un sorbo y miro por la ventana de la cocina: no se ve más que un patio y un fragmento de techo. Sobre el techo se recortan las siluetas de un tinaco percudido, un nudo de tuberías y un lazo lleno de ropa limpia. Colgada en medio de la noche, la ropa limpia parece soñar el sol.

Apago las luces de la cocina y del recibidor y me siento en el piso. Andrea sale del baño. La oscuridad la sobresalta.

—¿Dónde están, cabrones? ¿Qué están haciendo?

—Estoy aquí, en el piso. Mary se acostó.

Enciende las luces.

—Apaga eso —le ordeno, cubriéndome los ojos.

—¿Por qué hablas así?

—Ya estuve viendo tus dibujos. No están mal.

—¿Por qué se te oye así la voz?... Oye, huele bien feo.

—Apaga la luz.

Me obedece.

—Ahora siéntate aquí.

Se sienta sobre mis piernas.

Beso su cuello y beso el rumor que se agita bajo su cuello, beso los brazos y la nuca esbelta, *densa*, me acerco y meto las manos bajo la bata, sus pechos apenas tibios, los poros abiertos que huelen a jabón y agua clorada. Le saco la bata y deshago a lengüetazos el filo de miedo que percibo en sus vértebras. Le chupo los pezones con cuidado, con mordidas muy leves. Dejo una plasta de saliva en su magra cintura y en sus costillas.

Un poco más relajada, Andrea me desabrocha el pantalón. Se tiende y acomoda el miembro adormecido entre sus labios. Mientras lo recorre con la lengua, voltea a verme torciendo el rostro, con un mechón de cabellos esparcido por los ojos. La subo a horcajadas sobre mi pelvis para volver a besarla y siento en su boca mi sabor seco y amargo. "La raya", pienso. Froto mi lengua contra su paladar y sus encías, muevo la lengua dentro de su boca, hago latir mi lengua en la suya hasta que percibo los vellos erizados en sus brazos. Andrea busca el camino apoyando las manos y los pies en el piso de mosaico. Debajo de sus labios brilla una cicatriz vieja, quizá un recuerdo de la infancia, un tajo donde la oscuridad se adelgaza. Sus cejas se desplazan hacia arriba y hacia el centro con cada nueva embestida.

—Ya sé que te gustan los árboles, Andrea.

—¿Qué?

Voz entrecortada, seca respiración.

—Piensa en árboles, Andrea. Piensa en bosques mientras te beso.

Y lo que tengo en la voz es la distancia, el vacío de tiempo en que recorro con mi lengua su barbilla y ella gime, y estamos a un par de horas del sol de Monterrey, y yo la miro y él no, y el cuello tan delgado que casi cabría entero en mi boca, y la piel de su cuello que contrasta con el negro de mi lengua, y yo la miro y el sol no, y su aliento que no pudo despertarme ni la carne ni la vida, y Andrea y la danza y las cápsulas y el ron, y quién piensa en el Mal esta noche, cuando el cuello de Andrea se rompe, tan dulce, mezcla de alcohol y azúcar, y las venas traslúcidas bajo el velo de la carne se desgarran, se desangran, se abren a mí como el recuerdo de una vieja canción…

Fernando de León

VESALIO EN ZANTE*

A Francisco González Crussí

Dejó de mirar los cadáveres y terminó por recostarse en la playa. No fue el paisaje lo que lo puso al borde del llanto, aunque era terrible ver aquella desolación, aquel mar embravecido, lleno de maderos, toneles vacíos, fragmentos de tela y cuerpos humanos que la marea iba arrojando a la orilla como basura. El naufragio había sido tan violento que estar vivo era menos que afortunado, era una especie de condena.

No fue la isla desierta o la herida en la pierna que no dejaba de sangrar, fue la repentina soledad lo que rasgó sus ojos. Tantos años guardando distancia de los demás, buscando en la muerte los secretos de la vida. Ahora, rodeado de cadáveres, echaba en falta al mundo.

—Acércate —parecía decir el cuerpo del contramaestre—, debes darte prisa o el sol pronto me reventará y no podrás apreciar mi hígado tal como está. Recuerda ese tiempo en el que debiste robar, escondiéndote en la noche, los restos de un ahorcado putrefacto para conseguir un esqueleto. Ahora tienes más cadáveres de los que podría diseccionar un anatomista de tu talla en lo que te queda de vida.

—¡Sí!, ¡aprovecha! —gritaba un marinero muerto—. ¡Mira mis pulmones llenos de agua!

La frente de Vesalio, que era muy amplia, estaba enrojecida por el sol. Su cabello ensortijado era una masa de sudor y arena. Tenía la barba tan crecida que no era posible ver su ancho cuello.

La nariz era respingada, las cejas angulosas y una mirada fija que no parpadeaba ante el espectáculo de la muerte. Él, más que nadie, sabía que su cabeza era grande en proporción al resto de su cuerpo, y eso lo hacía ver inteligente pero débil. Y sabía en el fondo que ni era el hombre más inteligente sobre la tierra, ni el más débil. Sin embargo, sus cincuenta años pesaban en su ánimo como si fueran cien. Había hecho tanto: a los veintitrés, apenas graduado, ya era profesor de cirugía en Padua, aprendió de Tiziano el arte del grabado; a los veintiocho años, su tratado Sobre la Estructura del Cuerpo Humano ya refutaba la anatomía galénica. Médico personal de Carlos V, primero, y más tarde de Felipe II. Había tenido enemigos, señal irrefutable de que la fortuna lo acompañaba, y aun así, otros médicos brillantes, como Ambroise Paré, lo habían reverenciado. En suma, había hecho tanto y a la vez era tan poco. Sobre todo, había sido soberbio. ¿Cómo no serlo? ¿Cómo no terminar por creer que tu propia alma es más pura, más despierta y más hermosa que otras almas? Engreído, ahora el mar te recuerda la fragilidad de la vida, te estrella contra los peñascos y ahoga a cuantos te rodean. No llegarás a Tierra Santa. Como Moisés, morirás antes de pisar la Tierra Prometida, pero a ti no te sepultará Dios, tu cuerpo se quedará en la playa y las aves lo picotearán mientras las olas lo mueven de aquí para allá, sin ponerse de acuerdo en el sitio donde deberás quedar. ¿Será que Dios te alecciona a ti, profesor de cirugía a los veintitrés?

Un chillido amargo le salió del pecho anunciando un llanto que durante años había reprimido y sintió que un dolor inexplicable le robaba el aire.

—Deje de llorar y dígame qué debo hacer para curarle esa herida —dijo una voz grave y joven. Era un hombre vivo el que le hablaba, no su imaginación que hacía hablar a los cadáveres. Era un joven marinero que apenas recordaba haber visto a bordo durante el viaje.

No tenía caso caer en demasiadas explicaciones. Seguramente se encontraba desmayado entre los ahogados cuando recorrió con la mirada la playa. Si él con sus cincuenta años encima se había salvado, nada tenía de extraño que se salvara un muchacho que no rebasaba los veinticinco. Recobró la compostura y le dijo:

—Debes encontrar hilo y aguja o algo parecido, aquel pedazo de tela lo haremos jirones y servirá de venda. Necesitamos alcohol. Brandy o perfume servirán. Agua. Vamos a necesitar toda el agua dulce que puedas encontrar.

Esta última petición lo devolvió a la precaria realidad, ¿cuánto podía importar sanar una herida cuando todo parecía indicar que ni él ni el muchacho, con toda su juventud, resistirían demasiado en aquella isla?

—¿Cuál es tu nombre, joven amigo? —le preguntó. Necesitaba organizar lo poco que quedaba por organizar. Necesitaba llamarlo todo por su nombre.

—Fabricio.

—Fabricio, yo me llamo Andrés. Si queremos tratar de sobrevivir debemos replegarnos hasta donde esté seco y la marea no nos alcance después. Allá reunirás todo lo que queda del barco, especialmente víveres. Yo no serviré de mucho mientras no pueda caminar. Debemos mantener la calma.

Fabricio lo hizo muy bien. No sólo consiguió armar un pequeño campamento que los protegía del sol con una vela y algunos tablones; recuperó además dos toneles de brandy, algo de azúcar, sartenes, pólvora, dos cuchillos, tres baúles con ropa y artículos personales del capitán y, lo mejor de todo, la pequeña caja de madera en la que Andrés guardaba sus instrumentos de disección.

Arrastró luego todos los cadáveres a donde el mar no jugara con ellos y, entre lágrimas primero, luego con mirada insensible, los apiló. Hubiera cavado una fosa para cada uno, pero sus fuerzas no dieron para tanto. Los dos podían estar seguros de que aquellos cuerpos no tardarían en descomponerse y el ambiente se volvería repulsivo, pero el muchacho ya había hecho bastante.

Andrés curó su herida lavándola con brandy, mismo que le ayudó a tolerar el dolor. Como era lo único que tenían para beber, administraron el líquido lo mejor que pudieron y siempre estuvieron un poco borrachos. Comieron azúcar hasta amargarse el paladar. Fabricio cayó inconsciente de cansancio. Cuando despertó ya amanecía y Andrés ya cocinaba en una de las muchas sartenes recuperadas. Había prendido una hoguera fácilmente, con un madero y la sobrada pólvora. Olía rico. Andrés explicó que había atrapado un ave de rapiña que rondaba a los cadáveres. Fabricio devoró su parte sin querer pensar cómo un hombre que con trabajos se mueve podía atrapar a un ave.

—Cuando pasó el naufragio ¿a dónde iba? —preguntó Fabricio.

—A Tierra Santa —dijo Andrés con seriedad—, se corrió un rumor sobre mí y los Inquisidores lo creyeron. Para calmar sus dudas ofrecí hacer esta peregrinación.

—¿Y cuál fue el rumor? Si se puede saber.

—Que yo había diseccionado a un hombre creyéndolo muerto, pero que al abrirlo había visto su corazón latir. Lo cual es una mentira descabellada.

Luego Andrés ya no quiso seguir conversando.

Fabricio se paró a caminar. Al final sus pasos lo llevaron a donde estaban los cadáveres y encontró el impresionante espectáculo de varios cuerpos desollados. Pequeños pedazos de carne se secaban, aparte, al sol. El muchacho comprendió lo que le habían dado de almorzar y no pudo, no quiso, evitar el vómito. Escuchó la voz de Andrés detrás de él:

—No tenemos alternativa, y había que pensar rápido. La carne lavada con agua marina y expuesta al sol se secará y no se descompondrá. Tendremos comida de reserva mientras encontramos algo más. No lo pienses demasiado. La carne es carne y nos mantendrá vivos.

Todo habría sido más fácil para el muchacho si Andrés no se hubiera propuesto diseccionar todos los cadáveres. Una vez resuelto temporalmente el problema de la comida, el anciano se empeñó en abrir los cuerpos y en mostrar a Fabricio sus descubrimientos. Sin omisión alguna les abría el cráneo para ver el cerebro. Y realizaba un corte que iba desde el pecho hasta el vientre para estudiar todos los órganos vitales. Al no tener en qué apuntar, decidió que el muchacho sería su discípulo.

—Ven y aprende. Tú eres quien tiene mayores posibilidades de sobrevivir. Debes volver y decirle a todos lo que yo te muestre.

Pero a Fabricio no sólo no le interesaba, sentía una violenta repulsión por ver aquello que, en otro plano, era parte de su comida. Y Andrés gritaba como demente:

—¡Mira, el corazón no tiene conductos internos! ¡Servet tenía razón!

O:

—¡Quiero que veas estos riñones, son realmente peculiares en sus laceraciones!

O:

—¡Esta bola de estambre y mucosa en el estómago, muchacho, pronto lo hubiera matado! ¡Es un pequeño bezoar hecho de indigesto cabello que él mismo se tragaba sin pensar!

Pero la indiferencia de Fabricio era absoluta y Andrés se enfureció:

—¡Estúpido discípulo tengo ahora! ¡El peor y el último que tendré! Esto que quiero mostrarte es Ciencia. Es vida para los que están vivos y enferman. Es conocimiento de la Obra de Dios, que no es tan perfecta como parece, pero que un día lo será, gracias a personas como nosotros.

—¡Yo no quiero ser como tú! —estalló el joven—. ¡No quiero saber lo que tú sabes! ¡No quiero hacer lo que haces! ¿Entiendes? Puedes tener razón y estar orgulloso de ti. Yo no. Yo me siento mal por comerme a otro hombre. No puedo ver cómo los abres y manipulas como si fuera el mecanismo de un reloj. No me quiero morir. Pero tampoco quiero vivir así.

Luego se alejó, y Andrés se quedó pensativo.

Miró el cadáver que había seccionado y pensó en él como Fabricio lo había imaginado: la grotesca maquinaria de un reloj desarmado en la arena. Eso somos —pensó—, relojes que marcan el tiempo como dueños del porvenir, pero con un periodo de tiempo limitado para vivir.

Todo su trabajo, el afán de su vida de repente no tenía sentido. En las universidades lo tenía. En las trincheras lo tenía. En una isla desierta no.

Caminó largamente por la playa como apenas lo permitió su pierna herida. Se embriagó con brandy. Apenas consciente, regresó al último cadáver que le faltaba por estudiar. Terminaría lo que comenzó; y de un tajo experto lo abrió. Quebró el esternón y sujetó el corazón.

Con un horror inmenso le pareció que aquel corazón todavía latía. Miró la cara compungida del cadáver y encontró los ojos desorbitados de Fabricio.

—Esta bola de [illegible] y [illegible] en el cuaderno, muchacho, pronto lo hubiera atendido. ¡En un pequeño bulto [illegible] de indigesto cabello que el muerto se [illegible]!

Óscar Alejandro Luviano

Maruca

Maruca fue la primer niña por la que sentí deseo. Me atraían sin remedio la palidez que le daba desayunar sólo un bolillo sopeado en café negro, su sonrisa como de caramelos de menta pulverizados, el sonido de su nombre (un poco simio, un poquito como un gusto a manzanas), su mala suerte, la prohibición expresa de hablarle, sus calcetas caídas y el entusiasmo con el que rallaba el hielo para los raspados en el patio de la iglesia.

Verla el domingo por la noche con el suéter arremangado, los antebrazos blanquísimos, el mechón sobre la frente, ingrávido a fuerza de resoplidos, inclinada por encima de las botellas de jarabe de grosella y rompope para rallar el hielo, me hacía sentir mareado, con unas ganas imprecisas; no sabía si de ir al baño o llorar. ¿De qué lo quieres?, preguntaba, la casa paga. Siempre pedía de tamarindo, aunque desde entonces no me gustaba, impulsado por esa misma pena que me hacía pronunciar a solas su nombre (un poco sal y aceite de hígado de tiburón). Y entonces se inclinaba para raspar el hielo, sonriente y febril como un arqueólogo que ha vislumbrado, suspendido en el corazón de un iceberg, la titánica promesa de los insectos de Lovecraft.

Me llevaba dos años, y la única defensa que yo tenía contra mi deseo era un oído de más.

Porque, a mis ocho años, ya sabía que con el amor uno se abandona, pero al deseo hay que hacerle frente. Distinguía perfectamente la destrucción que acarrea uno y la bondad inherente al otro. Mucho antes de consumir un total de 46 raspados de tamarindo (con jarabito extra), Laura Tangassi me había besado frente a todo el 1°B. En la boca. Tenía 12 años, usaba un aparato ortopédico de aluminio enceguecedor y me rebasaba por unos 30 centímetros, de manera que me fue necesario subir a un pupitre para culminar la operación. El amor era su dorado cabello entrometido en mi nariz, un fuego blando, y las bocas hechas líquido. El amor era una felicidad vertical, una llave, el otro lado. Toda la clase pegó de gritos y hubo una guerra de bolitas de papel; la estela de polvo de gis dejada por el borrador en pos de nucas desprevenidas, mientras el gusto de la saliva de Laura se revelaba más delirante que separar la tapa de chocolate de un Gansito para relamer la mermelada de fresa. Eso era el amor: una mezcla de publicidad y caos muy similar a una sobredosis de azúcar.

Maruca, en cambio, era una ventana con remiendos de cartón. Acompañarla por las calles de Santa María La Ribera empujando a cuatro manos el carrito de los raspados, el hielo goteando entre las grietas de la madera, me sumía en una tristeza más honda que toda mi sangre, todo ese inútil torrente que no habría cubierto ni una de las doce calles que separaban Nonoalco y San Cosme, así y me hubiese arrastrado en línea recta sobre el vientre herido.

Vivía en el piso de abajo del nuestro. Un cuarto minúsculo al que un anónimo arquitecto había dotado con un ventanal enorme en un intento por tranquilizar su conciencia. Era de hojas dobles que se abrían al hueco pautado por tendederos de nuestro edificio. La ropa y las sábanas como las notas de una sinfonía que los pájaros de las jaulas aglomeradas en los antepechos ejecutaban amargamente. Como solista, el perico demente de doña Joba repitiendo la lluvia de insultos de aquélla contra su marido, la vida y las fondongas que no escurrían bien la ropa y condenaban a su patio a una lluvia eterna de Vel Rosita. Algunas de las hojas del ventanal tuvieron el entramado cubierto por cristales de colores, rectangulares y breves, amarillos como los pájaros, azules como las sábanas, rosas como los charcos de suavizante para la ropa. Cuando supe de Maruca, la mayor parte del ventanal estaba cubierto con cartones.

En cierta ocasión, de vuelta del taller de costura, mi mamá encontró a la madre de Maruca removiendo una cubeta de agua caliente con sábanas en el lavadero. No quiero que le hables a esa niña: tiene sarna. Mi madre sabía que hay enfermedades que se trasmiten por las palabras, con la velocidad con que el jarabe de tamarindo se propagaba tiñendo hasta el último poro del hielo. Esa noche me reveló dos. Una era la sarna. La segunda fue el deseo. Me sirvió chocolate batido y una concha inmensa. ¿Qué niña, mamá? María Eugenia, la hija de Juan, ¿pues qué, no la conoces? Si va en tu mismo grupo en la escuela.

Tardé media teoría de los conjuntos en sumar coraje para dirigirle la palabra. En tanto, creer que bajo su falda, más allá de sus rodillas percudidas, había una piel rojiza, herida, supurante, me hacía sufrir. Levantaba la mano en pleno Artículo 3º Constitucional, jurando a la maestra Chela Cano que no me iba a poder aguantar hasta el recreo; salía corriendo al baño y lloraba. A veces lloraba y hacía pipí al mismo tiempo.

Le adjudiqué manchas tan sospechosas como inexistentes a mi gato Perlo, y una vez que mi mamá cedió, y el jabón de El Perro Agradecido hizo su aparición, lo robé. Con la pastilla olorosa a hidrocarburo abultándome el bolsillo trasero del pantalón, me acerqué a Maruca por primera vez un domingo, en el patio de la iglesia, aprovechando que mi abuela, siguiendo estrictos márgenes de productividad milagrera, iba quitando veladoras a los santos indolentes y poniéndoselas a los que le sabían cumplir.

¿Me das un raspado, por favor? ¡Oye, eres el hijo de doña Yolanda! ¿En serio?, pregunté idiotizado por los nervios. ¡Y vas en el mismo grupo que yo! De tamarindo, por favor. Es cortesía de la casa, y como eres mi vecino de casa y de banca, va con jarabito de pilón... ¡Uuy!, ¿no te huele como a gasolina? No, no huelo a nada.

De cerca, no parecía rascarse mucho ni estar enferma de nada. Dos veladoras de san Judas Tadeo pasaron a san Antonio.

La verdad es que, fuera de los domingos en la iglesia, le hablé poco. Ni siquiera la invité a subir los contados escalones que la hubieran llevado a mi casa para conocer el sillón carbonizado que seguíamos utilizando en homenaje al primer rapto poético de mi hermana. No era por miedo a mi mamá, era más bien por los cartones de su ventanal.

Si en mi casa un mal aire o la ineptitud futbolística de mi hermano rompían un vidrio, podían pasar semanas antes de que mi papá colocara el repuesto, y aprovechábamos el hueco para recoger vasos de lluvia y dejar que Perlo acechara extasiado al perico demente. Pero sólo era un cristal a la vez y muy de cuando en cuando, pero cartones, nunca. Cuanto pasaba en mi casa, pasaba a ojos del mundo, y yo era un niño, y creía que en todas partes debía ser así.

En casa de Maruca, los violentos celos de su papá y el rencor de su mamá eran tales, que cada día, entre gritos y amenazas, en el ventanal se rompía un cristal de distinto color, y un trozo de cartón lo sustituía, y la iban emparedando. O eso creía yo, porque a pesar del esfuerzo invertido en *yúrex* y tijeras, todo terminaba por salir a través de los cartones: la súplica de Maruca para que ya no le pegaran con la manguera, la pestilencia a curados de su papá, la falda minúscula de su mamá, la navaja nerviosa de su hermano. Para evitarlo, su padre cerraba la puerta con candado, y ponía otro en la unión de las hojas dobles del ventanal. Dejaba dentro a Maruca y a su madre, y fuera a su hermano. Yo temía de los cartones esa voluntad de frontera inútil.

Cuando me mandaban por las tortillas, al pasar frente al ventanal, tenía que luchar contra las ganas de ir al baño. Los cartones eran más impenetrables que los muros de ladrillo desnudo. Entonces, inspirado por la revista *Duda* ("Lo increíble es la verdad"), ejercía la telepatía, y abrazando la servilleta pedía una señal, cualquier cosa que detrás de los cartones me dijera estoy bien. Sólo funcionó una vez.

Casi tiré el humeante kilo y medio del asombro. Maruca había quitado varios cartones y por los huecos del entramado mecía piernas y brazos. Su rostro se revolvía como jarabe de grosella tras un cristal rojo. Y en respuesta a las ondas mentales que le había dirigido al bajar las escaleras, el aleteo de sus manos, de sus zapatos sin bolear, dirigían la sinfonía de ropa mojada y pájaros tristes en el hueco del edificio.

¿Sabes besar?, me preguntó mucho tiempo después mi prima Caro, y la única respuesta que se me ocurrió fue que no era verdad: ni en los brazos ni en los muslos de Maruca había mella o infección. Al menos en los días que los sacaba a través de los huecos sin cristal.

Subí a mi casa echando la culpa de mi fiebre al contacto prolongado con las tortillas. Encerrado en el baño, no supe llorar ni hacer nada más, ni siquiera orinar, y eché fuera todo el aire de mis pulmones, con la tristeza de quien sabe que se le demanda algo tan extraordinario que será incapaz de concebirlo siquiera.

Pese a los dos candados, su mamá se las ingenió para abandonarlos. Antes de irse, golpeó a Maruca con algo duro y grande, algún metal. La dejó sorda del oído izquierdo. Los de Urgencias poco pudieron hacer. Un hilito rojo, me contó, y un zumbidito, y luego nada nada. Hubiera preferido que me pegara antes, para no oír las cosas que me dijo. ¿Qué te dijo? Cosas de mujeres, ¿quieres otro raspado? Bueno. ¿De qué lo quieres? De tamarindo. La casa invita, y por ser para ti va con jarabito de pilón. Un mal aire apagaba las veladoras ganadas por santa Cecilia y mi abuela intentó encenderlas haciendo casita con su rebozo.

Hablábamos del mundo sentados en el portal de la iglesia. A partir de ese golpe, yo siempre a su derecha. El carrito frente a nosotros a la espera de clientes. Platicábamos del futuro, de los gatos y su sabiduría, de los efectos de la coca-cola en las monedas de tostón, de una especie de enredadera con flores carnívoras y sus aplicaciones en el campo de la defensa de tesoros y óleos millonarios. Mis mentiras me dolían y la maravillaban en dosis proporcionales. Eso era el deseo: decirle que la sarna era curable, que existían icebergs silenciosos y titánicos flotando en el mar sin que NADIE los reclamase. ¡Imagina cuántos raspados saldrían de uno solo! Bastaban dos mecates para asegurar los troncos de la balsa y otro para lazar la montaña de hielo y arrastrarla hasta el Golfo de México. Llegamos a elegir los árboles de corteza más lisa que crecían en la Alameda de Santa María. Quería navegar descalza. Hay enfermedades que se trasmiten por las palabras.

Caminábamos en silencio de vuelta a casa después de la misa. Nos separábamos una calle antes de llegar a nuestro edificio. Temía que su hermano me pegara. Al decirle luego nos vemos, deseaba que mi vida fuera más miserable, tener otros padres, malos, implacables, que justificaran la fuga y los trenes de Nonoalco. Y es que le gustaba mi ropa. Tu mamá te viste bien. Es que trabaja en una fábrica de ropa. Pues tiene más mérito: te viste científicamente. Cómo justificar la fuga, ¿cómo imaginar el adiós a mi vida por ella? Si mis papás eran buenos, y había Don Gato a las tres, chocolate y nata para las conchas.

Otra veces, y empujando el carrito de los raspados, me pedía que le repitiera la leyenda del cerdo negro que cayó del espacio. Y yo lo hacía, tartamudeando en los diálogos.

Una noche, un meteoro verde. Lo vieron los gemelos Bosch por su ventana, aunque no los dejaron acercarse al sitio del impacto para comprobar su aspecto, composición y posible radioactividad. Cayó en el lote baldío que había en el 63, justo al lado de nuestro edificio. Un golpe, un destello, un viento oscuro que sopló entre los montes de cascajo y basura. Sabíamos que no se debía entrar al lote. Mariguanos y robachicos amenazaban entre las ruinas. De cualquier manera, Lorena y la Gusana entraron. Querían una piedra para romper una botella de Bacardí y extraer la valiosa canica atrapada en su cuello. Era la única especie de agüita transparente hasta la invisibilidad. De pronto, las envolvió un ruido de succión, asqueroso, algo que respiraba secretos arrancados del alma. Vieron al cerdo surgir de la nada, parecía el humo de una llanta quemada, pero con una sonrisa labrada en carne. Ojos al rojo vivo. Huyeron gritando promesas al niño Jesús. Y después nadie más lo vio, aunque todos sabían que seguía a la espera entre los matojos de hierba mala. Nadie, hasta que se lo encontró el papá de Maruca, pero aún faltaba para eso.

En tanto, Maruca detenía el carrito, levantaba la mirada al Cosmos y se preguntaba por qué, para qué, ¿un puerco? Los cerdos le daban compasión, y no por gordos. Mi mamá no era la única que la creía enferma de sarna.

La tomaban como ejemplo de la higiene personal en clase. Maruca, ordenaba la maestra Chela Cano, enséñanos tus uñas. Maruca levantaba las manos. Vean, niños: así es como NO deben llevar las uñas, largas y sucias, de teporocha. Maruca, a ver tus calcetas. Maruca levantaba una pierna, después la otra, en paso redoblado. Vean, niños: que su mamá les lave bien la ropa. Eso era el deseo: ante sus calcetas percudidas, ser presa de unas ganas de ir al baño, suspirar con tal intensidad que me volvía ciego a lo que para los otros era evidente y reprobable.

No fui capaz de informar a Chela que la mamá de Maruca, encima de haberla dejado sorda, no había permanecido a su lado el tiempo suficiente como para haberle enseñado a lavar ni a usar el cortauñas. Como recurso desesperado para detener la humillación, empleaba la telepatía para enviarle imágenes de su aniquilación lenta y minuciosa: devorada por el cerdo negro, noqueada sin campana de protección por mi padre, asustada a morir por el niño sin quijada. Pero era inútil. Vean, niños: que su mamá no los deje venir a la escuela si tienen liendres en el pelo.

A pesar de su empleo como herramienta pedagógica, Maruca no paraba de sonreír. Vean, niños: que su mamá tenga un poco de vergüenza y les pegue todos los botones del suéter o van a parecer señoras de la calle. Ah, ¿y te hace gracia? ¡Pues me traes a tus papás o ni vengas a clase!

Así que no fue y desapareció, hasta que llegó escoltada por una tía para quien las quejas de Chela Cano parecían irrelevantes. Fue el mismo día del camino de sangre. Al no verla jugando sola en los escalones del zaguán, ni adivinar su rostro atisbando por los cristales del ventanal, subí a la azotea y envié ondas mentales por toda la ciudad. Los pájaros, incluso el perico demente, parecían contagiados del silencio tras los remiendos de cartón.

Aunque creí que no la encontraría en el patio de la iglesia, reapareció el domingo, con una bolsa llena de veladoras en lugar del carrito. Mi papá desapareció, me confesó, aunque ya lo sabía. A mi hermano le habían contado los pormenores en la escuela, y a mi mamá, doña Joba. Luego de contrastar ambas versiones, di por buena la de mi hermano y olvidé los detalles del acuchillamiento en la pulquería y la condena a quince años. Pero no le dije nada. Maruca había encendido las veladoras usando sólo un cerillo y las sostenía contra su pecho. Iluminada como un pastel de cumpleaños quería saber a qué santo se le pide por la gente perdida. Pues yo creo que mejor a todos y a la mejor así nos funciona mejor. Pensando en el niño sin quijada, en los pecados de Juan, apagué las veladoras ajenas con soplidos más potentes que los usados sobre mi último pastel, y sólo dejé prendidas las de Maruca. ¡No juegues! ¿También apagaste las de tu abue? Ya pondrá otras, y de todas maneras, ni le cumplen.

No volvió a nuestro edificio al final de la misa. Se estaba quedando con una tía. Mi abuela iba pasos atrás pendiente de cada palabra. ¿Vas ir a clases mañana? No sé, mi tía va ir a hablar con la maestra. ¿Por qué te reías cuando la maira Chela te hizo hacer las demostraciones? Se supone que es un castigo. ¡Serás menso! ¿A poco no te das cuenta? No. ¡Pues la babosa de la maestra se me para a la izquierda y ahí no oigo nada! Ah. Y se rió, y nos despedimos, y no le pregunté sobre la incoherencia de no escuchar y obedecer porque soy un telépata, y porque era capaz de escucharla cuando estaba ausente.

Ese lunes, alertada por doña Bertha, mi mamá nos llevó por otro camino a la escuela. Las razones del crimen eran oscuras. Lo único cierto es que fue un tiro en el estómago. El muchacho se arrastró desde la Alameda de Santa María hasta San Cosme sobre Ciprés, nuestra calle. Amaneció en un charco de su sangre, con un brazo en alto, mostrando el billete de veinte pesos con que no hizo morder a ningún taxi. Se llevaron el cuerpo, pero el camino de sangre quedó ahí toda la mañana. Cuando salimos de la escuela, libres de papás, fuimos a inspeccionarlo.

Recuerdo un color vago sobre la banqueta, grisáceo, que al menor descuido se transformaba en un aroma a sal. Nicodemus le puso hormigas encima, Leonel obligó a su perro a olisquearlo, Chelis probó la potencia de un detergente, y una brigada improvisada se dio a la tarea de hallar lametones del cerdo negro que cayó del espacio. El camino zigzagueaba entre los árboles y los postes de la luz; se tornaba en islas frente a las puertas que el muchacho había tocado sin conseguir ayuda. Mi primo José Juan hizo como que se resbalaba y cayó de espaldas sobre la sangre seca.

Los barrenderos lo borraron con cubetazos de agua. En el cauce rojo naufragaron las hojas secas y las hormigas. Antes vino Maruca. Y eso era el deseo: Me voy de aquí y un camino de sangre.

En el recreo, después de ver cómo su tía le daba el avión a Chela Cano y mientras se arreglaban los papeles del traslado, me dijo que se iba. O tal vez: me llevan. Sus faltas a clase nada tenían que ver con el ultimátum de Chela Cano: su papá tenía dos semanas perdido. En tanto, su hermano había reventado el candado de la puerta, vaciado el cuarto y desaparecido. Don Carlos restituyó los cristales faltantes para subir la renta a los nuevos inquilinos. Mientras el muchacho herido se arrastraba desangrándose sobre la banqueta, Maruca supo de un sitio llamado Veracruz, de un rancho, de una escuela. Es caliente, me dijo. Los iceberg no sobrevivirían ahí. No quiero ir. Lo sé, le dije, me voy contigo. ¿Conmigo? Sí, a donde te vayas. ¿Cómo sabes que me voy a escapar? No lo sabía, pero eso produce el deseo. Levantó las cejas. Sonó la campana y entramos de nuevo a clase. Su tía se despidió. Un papelito minuciosamente doblado pasaba subrepticiamente de pupitre a pupitre. La escritura nerviosa nos convocaba: A la salida el camino de sangre. Cuando me cayó a mí, se lo envié a Maruca.

Tomamos San Cosme rumbo a Ciprés. Esta noche. A las once. Pasa a la casa de mi tía. No le digas a nadie. Dije que sí. Una niña que no conocíamos caminaba sobre la marca de sangre como si estuviera en la cuerda floja. Maruca dejó su mochila en el piso, se arrodilló y se recostó sobre la sangre inútil. Y posó su oído izquierdo para escuchar. Allá, otros niños comprobaban la indiferencia de las hormigas ante las escamas carmesí. Ella escuchaba. Eso era el deseo: ese niño que te veía y pensaba, sin saber que lo pensaba. ¿Escucharás alguna vez a mi sangre? ¿Y qué te dirá?

¿Qué oíste? Nada, menso, ¿no ves que de este lado no oigo nada? Es que me dio sueñecito y eché una pestañita.

Llegué a la casa de su tía con el Regalito. No hubo manera de librarme de él. ¿La niña a la que dejó huérfana el cerdo negro? María Eugenia, le aclaré. ¿Y crees que se le aparecerá también a ella? Se propuso como parte de la expedición. No podía negarme: ofreció llevar su tele y cuatro kilos de huevos, y era mi mejor amigo. Un año antes había cavado un túnel en la barda que separaba nuestras azoteas para evitarle el esfuerzo de bajar y subir escaleras.

Aunque llegó sin los huevos, a Maruca le pareció bien: ella traía su maquinita de raspar hielo. Yo hice cuatro tortas de jamón y llené un viejo frasco de mayonesa con kool aid de fresa. Le dije a mi mamá que Lorena, la del tres, me iba a prestar su cuaderno Gader para unos ejercicios, y seguí de largo, mochila en la espalda, hasta la calle recién lavada.

Alguno de los tres creyó que debíamos ir a los patios de maniobras de Nonoalco. En los trenes estaría la dirección correcta, el santuario de los icebergs y un contacto para enchufar la tele del Regalito.

Avanzábamos torpemente. La tele pesaba. El Regalito daba cinco pasos y la dejaba caer con un estruendo. Nos turnamos para llevarla, pero igual caía en la banqueta cada tanto. La zancada lenta de un gigante en la calle vacía. Sólo eran diez cuadras, pero éramos niños, y nos sentamos a descansar en una banca de la Alameda de Santa María; muy cerca, imaginamos, del sitio del balazo.

Repartí las tortas, y cuando le llegó su turno de beber kool aid del frasco de mayonesa, Maruca se puso a llorar. Silenciosamente.

El Regalito se alejó a una distancia prudencial, convencido de que se avecinaba una disputa por la comida. No llores, le pedí a Maruca, el chavo ese ya pasó a mejor vida. ¿Quién? De seguro se buscó lo que le hicieron: mi abuela dice que de seguro vendía marihuana. Si de él ni me acuerdo. ¿No? Entonces por qué lloras. Es que no sé por qué me dejó mi papá.

Se llevó los puños a los oídos y sollozó, meciéndose. Los árboles se mecían con ella, y creí que de haber algún pájaro despierto, también habría seguido el *tempo* marcado por su desconsolado mecerse, y tal vez hubiera bastado. Pero sólo estábamos el silencio de los árboles y yo.

Cambié de sitio en la banca. De su izquierda a su derecha. Eso era el deseo. Apreté los labios y sin tragar saliva uní las piezas. No te dije nada porque pensaba que ya lo sabías. Y le conté lo que mi hermano me había contado.

Le hablé del resplandor verde, del cerdo negro, del diablo, de la verdadera suerte que su papá había corrido.

Le conté que en la última noche que pasó entre los vivos, su papá regresaba de una borrachera, en zigzag, como si fuera sobre el camino de sangre. Ya cerca de nuestro zaguán, se apoyó en una pared para agarrar impulso y paró en seco. Escuchaba el llanto de un bebé, mientras una figura negra y nebulosa se le acercaba. Parpadeó y el cerdo se reveló, en realidad, como un bebé en chambritas rosas abandonado al pie del zaguán. Creyendo en las señales del cielo, lo levantó, le prometió todo lo que no había dado a sus hijos, y cuando estaba por subir para mostrarle su nuevo hermanito a Maruca, escuchó una voz a través de la manta del bebé: Mira, papi, ya tengo dientes, dijo el bebé. El papá de Maruca separó la manta y descubrió un rostro de caballo que, sin quijada inferior, sonreía inversamente, con dientes perfectos.

Siseaban los arbustos, el Regalito se atragantó y tosió; cantaban alarmas y sirenas. ¿Y después qué paso con mi papá? Seguí de frente: pues se lo llevó el cerdo; todos lo saben. ¿Verdad? El Regalito asintió sin dejar de toser. Me acerqué para darle palmadas en la espalda y no enfrentar a Maruca.

Una vez que el Regalito echó fuera un trozo de jitomate, descubrimos que Maruca seguía como al final del relato: asintiendo cada vez con más fuerza. Volví a su lado en la banca, en espera del golpe, la furia, el llanto renovado, la petición de que dejara de contar pendejadas. Pero no.

Movía los labios y repetía mis palabras: Pues se lo llevó, y las consumía, y casi podía escucharlas caer dentro suyo, tomando sitio en su cuerpo, resonando bajo su piel y haciéndola bailar serenamente, apenas moviéndose sin levantarse, intoxicada. Hay enfermedades que se trasmiten por las palabras.

Abrió sus ojos y dijo Gracias. Con su papá en un sitio menos terrible del que ella pensaba, pidió que siguiéramos nuestro camino. Quizá los trenes llegarían a los reinos del cerdo negro, y entonces todo sería posible. Tal vez hicimos un plan de liberación. Doblamos en Fresno.

Después vendría la patrulla, la delegación y una serie de llamadas que nos devolverían a todos, excepto a la tele del Regalito, a nuestras casas, a mi vida, a su Veracruz, a nunca volví a verla.

Pero en ese momento, en éste, eso era el deseo: una niña que toma la verdad de mis labios, levanta una televisión en sus brazos libres de sarna y de cansancio, y avanza hacia la oscuridad sonriendo.

Y yo la sigo.

Una vez que el Régimen esté fuera de [illegible] que [illegible] que [illegible] cerca al final del [illegible] asistiendo cada [illegible] con más fuerza. [illegible] su lado en la [illegible], [illegible] del golpe, la caída, el llanto [illegible], la petición de que dejara de [illegible] pendientes. Pero no.

Mientras tanto, y [illegible] palabras. Pues se lo lleva, y [illegible] constante y casi puedo escucharla [illegible], rompiendo sólo en su cuerpo, escuchando [illegible] su piel y [illegible] todo, [illegible], sin [illegible]. Hay enfermedades que se resumen en dos palabras.

Ahora sus ojos y dice Gracias. Con tu [illegible] en mi [illegible] del [illegible], pido que [illegible] nuestro [illegible]. Quizá los [illegible] los reinos del [illegible], y entonces todo será por [illegible]. Tal vez hicimos un plan de liberación [illegible].

Después vendrá la caída, la [illegible] y una serie de [illegible] que nos devolverán a todos, excepto a la [illegible] del [illegible], a nuestras casas, a un [illegible], a [illegible], a nunca volver a verlo.

Pero en ese momento, en este, [illegible] el deseo: una niña que tome la verdad de mis labios, [illegible] en sus brazos llenos de [illegible] y de cansancio, y avanza hacia la oscuridad sonriendo.

Y yo la sigo.

Tryno Maldonado

Variación sobre temas de Murakami y Tsao Hsue-Kin

A Mara, por haber traído la luz

Llegado el Año de la Rata, nació la única hija del Emperador. Su nombre estaba compuesto por el hermoso caracter *Hui*, de *brillantez*, de trazos simétricos, y por el complejo y poco armonioso caracter *Ying*, de *inteligencia*. En el Imperio fue conocida la habilidad profética de Hui Ying desde su niñez, cuando, a manera de un presagio de esos que más valdría soterrar sin miramientos de especie alguna, soñó con la muerte de su padre el mismo día que ésta tuvo lugar.

Había rebasado la noche su medianía cuando irrumpió el tozudo picoteo de un pájaro desde el alféizar de la ventana. Gobernada por el entusiasmo que en ella siempre avivó el noble arte de la contemplación de las aves, la pequeña Hui Ying intentó espiarlo con el rabillo del ojo, desde su lecho, con somnolencia. El pájaro había desaparecido. A la niña, aunque llena de decepción, poco le costó recuperar el sueño. Minutos después, cuando el picoteo volvió a resonar, abrió los ojos como cedazos, con los reflejos azuzados por la reiteración de aquel sonido monofónico. Esta vez tuvo más suerte: pudo avistarlo al fin, con auxilio de una luna estival que se recortaba en un cuadrado perfecto al empotrarse en la ventana. Procurando no ahuyentar al pájaro de raros colores, con los pies desnudos, se espabiló y fue en busca del libro de aves ilustrado, obsequio de su padre; estaba segura de que con la ayuda de éste conocería la identidad del visitante. Empero, cuando Hui Ying volvía abrazando el pesado tomo con exultación, el pájaro emprendió el vuelo para irse a posar en la rama de un roble cercano. Acodada sobre el reborde con ayuda de un banco y empeñando toda su atención en la empresa de atisbarlo, la niña cayó en la cuenta de la aproximación de dos hombres enfundados en negro que, avanzando entre los árboles del majestuoso jardín, le huían a la luna con sigilo. Lo que Hui Ying menos deseaba era ser sorprendida despierta a mitad de la noche; desistió en sus intenciones, abandonó el libro de aves y se dispuso a la reconquista del sueño. Pronto fue anquilosada por un nuevo sonido, proveniente del jardín. Se trataba del crepitar de una pala hundida repetidas veces en la tierra, como pudo comprobarlo al volver a encaramarse a la ventana con discreción. Uno de los dos hombres cavaba un agujero dentro del diámetro dominado por las raíces del roble en que el pájaro de colores extraños se fue a ocultar; el otro hombre, un tanto más robusto, escrutaba los alrededores con un bulto pardo entre las manos. Nada que se fraguara a esas horas y de la manera clandestina en que aquellos dos lo hacían podría ser bueno, pensó Hui Ying; algo siniestro había detrás de todo eso, sin duda. Cuando el hombre de la pala consideró que el hoyo era lo suficientemente profundo, el segundo introdujo el envoltorio que sostenía con cuidado casi devoto para zanjar luego, entre ambos, con mayor prisa y descuido que en un principio. La niña supo que no debería haber participado de aquella escena, pues el simple hecho de presenciarla, aun sin ser vista, la cubría con la misma capa de complicidad bajo la que se arrebujaban las dos sombras al pie del árbol.

Tras la huida de los improvisados enterradores, Hui Ying sintió que el corazón le reventaría en cualquier momento para convertírsele en partículas que le obstruirían las venas hasta cortarle la circulación. Una parte de ella se encontraba inmóvil y le rogaba tumbarse a reconciliar el sueño, que olvidara todo lo ocurrido; la otra, en cambio, la urgía a salir corriendo al jardín y desenterrar el misterioso bulto antes que alguien más, quizá un hipotético ladrón noctámbulo que hubiese observado todo desde el principio, fuera a la caza del tesoro, dejándola con nada más que un palmo de narices. Presa de toda suerte de cavilaciones de este tipo, los minutos se sucedieron pasmosos para Hui Ying. Al final, más avanzada la noche, decidió escabullirse, con el roble como meta, reparando a cada paso en el silencio de su marcha y en la completa soledad de esa porción del jardín. Un cosquilleo de jejenes la recorrió desde la punta de los pies, y una sensación nueva y aterradora se apoderó de su minúsculo cuerpo: creía desprenderse del mundo real, como si existiera un *afuera* y un *adentro*, muy similar a lo experimentado al sumergirse en un estanque para mirar la *realidad* desde allí. Hui Ying fue atacada por un horror carnívoro que no aceptaría símil en el animal más salvaje siquiera, un horror que ni las almas condenadas hubiesen podido llevar a cuestas de aquella noche en delante de haber visto lo que la pequeña. Sintió desfasarse de sí misma. Luego de achicar la tierra del somero hoyo valiéndose de sus minúsculas manos, desplegó el pañuelo tinto en carmesí que hasta entonces había envuelto la cabeza recién mutilada de su padre, el Emperador.

Hui Ying, sin comprender el sentido de su hallazgo, tiró aquella cabeza, como el objeto inanimado en que se había vuelto, para desandar aprisa sus huellas, cubierta por un terror despiadado. La abatieron unas ganas vehementes de dormir. Cifraba sus esperanzas en una lógica imbatible que le indicaba que sólo así, volviendo al sueño primigenio, podría liberarse de la pesadilla a la que había sido atada. Pero cuando Hui Ying volvió a su lecho lo encontró ocupado; sobre éste, para sorpresa suya, dormía con placidez una niña de la misma estatura, quizá de la misma edad. La rodeó, guardando íntegro el silencio, y, cuando la tuvo frente a sí, reparó durante un momento en el rostro de la extraña: obtuso, ictérico, como el suyo. Quien descansaba sobre su lecho era *ella misma*. Hui Ying, con un llanto de rabia por la flagrante intromisión, comenzó a darle de empellones a la extraña hasta ponerla casi en el frío del suelo. La simple idea de que su identidad hubiese sido víctima de un latrocinio le aturdía sobremanera, como quien, sin saberse depositario, escuchara una extraordinaria revelación. Pronto comprendió que ella misma no era más que un sueño, sólo un sueño de la Hui Ying real, la que dormía, como en la vieja parábola de la liebre y el espejo. Se había desprendido de su cuerpo en alguna escena de la terrible mascarada llevada a efecto, y supo así de la necesidad de volver a su recipiente original lo antes posible. Pero ¿cómo? ¿Y si jamás pudiera volver a su cuerpo?

Cuando el sol incendió la atmósfera, el pueblo despertó con la trágica nueva del asesinato del Emperador a manos de dos sicarios. Los asesinos habían sido cogidos en su escapada y serían inmolados en público al atardecer, como marcaba la costumbre. Una vez que confesaron sus métodos bajo la tortura de uno de los capitanes, el roble fue arrancado de raíz. Sin embargo, jamás se encontró la cabeza del Emperador.

Horas más tarde, en medio de la batahola que tomaba por sustancia el desconcierto y la incertidumbre del Imperio, alguien reparó en la ausencia de la única hija del Emperador. Su nombre estaba compuesto por el hermoso caracter *Hui,* de *brillantez*, de trazos simétricos, y por el complejo y poco armonioso carácter *Ying*, de *inteligencia*. En el Imperio fue conocida la habilidad profética de Hui Ying desde su niñez, cuando, a manera de un presagio de esos que más valdría soterrar sin miramientos de especie alguna, soñó con la muerte de su padre el mismo día que ésta tuvo lugar.

Había rebasado la noche su medianía cuando irrumpió el tozudo picoteo de un pájaro desde el alféizar de la ventana. Gobernada por el entusiasmo que en ella siempre avivó el noble arte de la contemplación de las aves, la pequeña Hui Ying intentó espiarlo con el rabillo del ojo, desde su lecho, con somnolencia. El pájaro había desaparecido. A la niña, aunque llena de decepción, poco le costó recuperar el sueño. Minutos después, cuando el picoteo volvió a resonar, abrió los ojos como cedazos, con los reflejos azuzados por la reiteración de aquel sonido monofónico. Esta vez tuvo más suerte: pudo avistarlo al fin, con auxilio de una luna estival que se recortaba en un cuadrado perfecto al empotrarse en la ventana. Procurando no ahuyentar al pájaro de raros colores, con los pies desnudos, se espabiló y fue en busca del libro de aves ilustrado, obsequio su padre; estaba segura de que con la ayuda de éste conocería la identidad del visitante. Empero, cuando Hui Ying volvía abrazando el pesado tomo con exultación, el pájaro emprendió el vuelo para irse a posar en la rama de un roble cercano. Acodada sobre el reborde con ayuda de un banco y empeñando toda su atención en la empresa de atisbarlo, la niña cayó en la cuenta de la aproximación de dos hombres enfundados en negro que, avanzando entre los árboles del majestuoso jardín, le huían a la luna con sigilo. Lo que Hui Ying menos deseaba era ser sorprendida despierta a mitad de la noche; desistió en sus intenciones, abandonó el libro de aves y se dispuso a la reconquista del sueño. Fue entonces cuando se vio atrapada en una pesadilla: desde su lecho vio entrar a una niña de su estatura, vestida con sus mismas ropas de cama, pero con los pies llenos de barro y las manos signadas por una mixtura de sangre y tierra. Quien entraba a su aposento era ella misma, agitada, como si acabase de dar una larga carrera. Hui Ying pudo sentir cómo la intrusa comenzó a clavarle una mirada de alcayatas para luego, en el arrebato de una ira traducida en lágrimas y un rostro mohíno, empujarla hacia fuera de su propio lecho, con violencia y arbitrariedad. Hui Ying ardía en la necesidad de gritar, de pedir auxilio; lo deseaba con fervor, pero estaba vuelta un tronco, un yunque anclado. Cuando *la otra* Hui Ying recobró el sosiego por la consecuencia lógica que releva a toda fatiga, ésta se aproximó a su cuerpo agarrotado para musitarle al oído:

"Hoy ha muerto mi padre. Sabías que eso ocurriría. En tus manos estuvo evitarlo y has elegido, en cambio, el silencio."

Luego, se recostó sobre la mitad del lecho que había logrado despejar y besó sus labios de hielo. Ambas recobraron el sueño, olvidando cualquier dejo de zozobra, como en un convenio que toma validez sólo a partir de la restauración del mutismo.

Cuando el sol incendió la atmósfera, el pueblo despertó con la trágica nueva del asesinato del Emperador a manos de dos sicarios. Los asesinos habían sido cogidos en su escapada y serían inmolados en público al atardecer, como marcaba la costumbre. Una vez que confesaron sus métodos bajo la tortura de uno de los capitanes, el roble fue arrancado de raíz. Sin embargo, jamás se encontró la cabeza del Emperador.

Horas más tarde, en medio de la batahola que tomaba por sustancia el desconcierto y la incertidumbre del Imperio, alguien reparó en la ausencia de la única hija del Emperador. Su nombre estaba compuesto por el hermoso carácter *Hui* de *brillantez*, de trazos simétricos, y por el complejo y poco armonioso carácter *Ying*, de *inteligencia*. En el Imperio fue conocida la habilidad profética de Hui Ying desde su niñez, cuando, a manera de un presagio de esos que más valdría soterrar sin miramientos de especie alguna, soñó con la muerte de su padre el mismo día que ésta tuvo lugar, para después, motivada por la demencia del augurio, desenterrar su cabeza y huir con ella, sin rumbo, durante días enteros.

[illegible]

Hoy ha quedado [illegible]

[illegible]

[illegible]

Fabrizio Mejía Madrid

SEGUNDOS

Desde hace dos años he estado ahorrando un promedio de un segundo por día en una caja que guardo en el armario. La caja, hay que decirlo desde ya, aumenta casi imperceptiblemente su tamaño. Antes solía perder hasta tres segundos un día cualquiera y sin darme cuenta, tomado por sorpresa, con los ojos fijos en la ventana y la taza de café en la mano. Y, de pronto algo —un niño arrastrado por su madre hacia la escuela, una motocicleta tambaleándose con periódicos, un hombre que miraba histéricamente al suelo como si hubiera perdido la llave de su auto— hacía que me despertara. Entonces me daba cuenta de que dos o tres segundos se habían esfumado en el tiempo irrecuperable. Hasta que aprendí a atraparlos. El procedimiento, aunque sencillo, requiere del dominio de dos disciplinas: la distracción y la atención. Pongamos el caso más común, el de la taza de café petrificada en la mano modorra, todavía tatuada con las arrugas de las sábanas. Uno tiene la cara hinchada y siente que los ojos no son todavía herramientas de la mirada (en rigor, la luz entra por las pupilas, pero el cerebro sólo registra: "mira, entra luz", pero sin darle forma de nada) y se fijan en un terreno intermedio entre el cristal de la ventana y el aire que lo recubre (en rigor no importa donde se posen, el cerebro seguirá con su "mira, la luz entra"). Es en ese instante cuando hay una suspensión, una especie de imbecilidad, que los segundos aprovechan para huir. Entonces, uno, sin hacer gesto alguno ni evitar el bisco en los ojos, los sorprende con un grito y ¡zap!, caen a la alfombra. Después, uno simplemente los recoge con el cuidado necesario (el índice y el pulgar, si es que uno ya ha readquirido la capacidad prensil perdida durante la modorra) y los almacena.

Decía que llevo dos años guardando un segundo al día. Los apilaba todas las mañanas, justo antes del primer cigarro. Abría la caja, metía la mano con el segundo y la cerraba. Olvidé comentar que, tanto la pizca del segundo como su posterior depósito deben hacerse a ciegas: mirarlos significaría reintegrarlos al tiempo y perderlos para siempre. No se debe, siquiera, verlos caer tras el grito. Eso lo supe desde casi el principio: al guardar el segundo segundo, me detuve a echarle una ojeada al primero (que era, en realidad, el cuarto atrapado, pero el primero en ser localizado en la alfombra, tomado entre dos dedos y almacenado, todo a ciegas) y desapareció. Cometí entonces la impericia de voltear a ver si todavía tenía yo el segundo segundo entre los dedos y también se esfumó. Así que, al quinto día de tratar de ahorrar tiempo, estaba como al principio: con nada. Pasé varias noches insomne recapacitando sobre mi técnica. Y decidí que, durante el grito, debía guardarse la suspensión de la mirada como si fuera un asunto de vida o muerte y, después, hurgar en la alfombra con los ojos cerrados y, de igual manera, caminar de regreso a la recámara, abrir la puerta del armario, tentalear en busca de la caja, abrirla y posar el segundo en el fondo. Excuso decirles la cantidad de moretones en las rodillas y golpes entre los dedos del pie que me ha reportado la técnica del ciego, pero no me arrepiento. Con cada nuevo día, digo, la caja aumenta de tamaño.

Hoy, tras dos años de esfuerzos, a una hora de la mañana cuya naturaleza no es habitualmente productiva, he logrado ahorrar casi doce minutos. La caja es doce veces más grande que al principio. Ustedes podrán argumentar que es muy poco para tantas angustias. No lo es. Yo fumo una cajetilla desde los quince y, sin caer en alarmismos, supongamos que cada cigarro en el cenicero representa un segundo menos de vida. Eso quiere decir que he perdido día y medio. Si sigo acopiando con el ritmo que me he autoimpuesto, pienso que en quince años más habré recuperado el día y medio perdido desde hace quince años. Ustedes, suspicaces, dirán que, ya para entonces, habré perdido otro día y medio a base de caladas hasta el filtro. Y tendrán razón. Pero seguiré ahorrando. Es mejor ganar un día y medio que perder cinco días completos, estarán ustedes de acuerdo (asentirán con sus cabecitas).

Pero imagínense el día que, presintiendo la muerte, vaya yo hasta el famoso armario por la caja del acopio. Entonces, la abriré y miraré, pausadamente (con la lentitud que permite un segundo) mi tiempo ahorrado. Sumará un día y medio extra. Podré dotar a cada uno de ellos de una particular variación en su cacería, de cierta diferencia inexpugnable en su textura en la alfombra, de cierta resistencia imperceptible entre los dedos, de un sonido inaudible al caer al fondo de la caja. Y tendré un día y medio. Pero ustedes, crueles como son, argumentarán que yo habré muerto día y medio antes de ese momento. Y tendrán razón. Pero, momento, un instante. ¿Qué ha ocurrido? La caja está vacía. Los doce minutos de los que, hasta hace no tan poco les presumía, han desaparecido: al describirles mis segundos los he reintegrado al tiempo ahora mismo, mientras escribía esto. Cuando termine, la caja en expansión constante habrá desaparecido. ¿Había estrellas, planetas, vidas ahí adentro? Sí, eso es lo que supongo. Acaso adoraban ahí adentro a un dios del tiempo que les creó, alguna vez, de la nada, del principio de una enésima de segundo. Quizás dentro de la caja sin mirar existían estos pequeños seres que diariamente hacían rituales para detener el tiempo, circularlo, tenderlo sobre una línea recta hacia una meta o, simplemente, fumaban en silencio, garabateando cálculos, pensando en su propio inicio y en un posible final. Ahora, mientras los escribía, han desaparecido. Y ustedes, inocentes como son, los han consumido conmigo sin darse cuenta, tomados por sorpresa, perdiendo un tiempo que, en quince años, encontrarán irrecuperable.

Will Rodríguez

Felis Bernandesii, Panthera Onca

Manchada de estrellas queda tu piel
Elsa Cross

El médico los dio de alta el mismo día del parto. Alejandra y su bebé mostraban tanta salud que no hubo necesidad de mantenerlos en el sanatorio. Después de un embarazo tan complicado, durante el cual ella tuvo que pasar siete meses en cama, era como un milagro que el alumbramiento hubiera sucedido sin riesgo alguno para ambos; pero, al día siguiente, el bebé comenzó a llorar poco después de haber sido amamantado, con un llanto cada vez más fuerte y la pausa de su respiración más preocupante. Alejandra vio, inerme, cómo el niño se tornó del blanco al morado en instantes, hasta morir de asfixia.

Después de la cremación, estuvo encerrada en su recámara una semana. Casi no comía; lloraba por la muerte del bebé y la orden del médico: no embarazarse de nuevo, por lo menos en dos años. Ella siempre quiso ser madre y lograr el embarazo fue verdaderamente un triunfo; se quejaba de que Fernando, su esposo, pasaba la mayor parte del año en el aserradero, fuera de la ciudad. Decía que sólo un hijo podría sustituir semejantes ausencias.

El último día del encierro de Alejandra fue cuando Fernando, al llegar de viaje, entró a la recámara y le dijo: mi amor, te traje un regalo. Ella se levantó de la cama y, con indiferencia, lo acompañó hasta la calle. Él, sin mencionar palabra alguna, abrió la puerta trasera del automóvil y sacó una caja de cartón agujereada. Me lo ofrecieron en Escárcega; es para ti, le dijo. Alejandra abrió la caja y una sonrisa elevó sus pómulos morenos. Un cachorro de jaguar.

El regalo alivió la tristeza de Alejandra, quien se desvivía por atender a Mercurio. El animal era tan frágil y dependiente que provocaba en quienes lo conocían descargas de cariño y compasión; sus ojos cambiaban del amarillo al verde y del verde al negro, delatando los colores de la selva maya. Ella lo adoptó con devoción. Fernando llegó a pensar que la actitud de ella hacia él era un exceso: le daba el biberón cada cuatro horas y por las noches lo envolvía en un pañal para que durmiera a su lado.

Al cabo de unos días, el cuerpo de ella exigió acciones físicas, descargar sus instintivos lazos de sangre, por lo que comenzó a amamantar al jaguar en secreto. De sus pezones brotaba una leche generosa, incontrolable, que ella se apuraba a ofrecer al nuevo hijo.

Pasaron cuatro meses. El cachorro era muy sano y su comportamiento era el de un gato dócil, elegante.

Un sábado en la noche, Natalia, vecina y concuña de Alejandra, organizó unas carnes asadas en su patio. Asistieron amigos mutuos y corría el alcohol a discreción. Al calor de las copas, Fernando lanzó el comentario de que su esposa se resistía a tener sexo con él, que ni siquiera le mostraba las tetas. Alejandra, enfurecida, azotó su quinto whisky en la mesa y se fue a llorar al baño. Natalia la alcanzó para consolarla, advirtiéndole que si no cambiaba su comportamiento, Fernando se conseguiría una amante. Fito, el *poodle* de Natalia, aullaba a los pies de su dueña en espera de un abrazo. Natalia le preguntó a Alejandra el motivo del rechazo hacia Fernando. Ella se levantó la blusa y dejó ver sus pezones mordisqueados a punto de infectarse. Estoy amamantando a Mercurio, confesó, mi bebé.

Los ojos de Natalia se abrieron espantados a más no poder. Alejandra le suplicó que no dijera nada, porque no quería que la tomaran por loca. Además, dijo, si abres la boca te vas a acordar de mí. Natalia intentó convencerla de que dejara de darle el pecho al jaguar y de que viera al médico. Alejandra le dio un beso en la mejilla a su concuña y se fue a casa, ignorando que la confidente le contaría todo a Fernando un par de copas más tarde. Él, furioso, corrió en busca de su mujer y la obligó a desprenderse de la idea de seguir amamantando al jaguar. El pleito llegó hasta los oídos de los invitados de la fiesta.

Un año voló. Las heridas en los pezones de Alejandra eran sólo cicatrices, símbolo del más fuerte lazo entre una fiera y su cachorro. El jaguar creció tanto que se hizo necesario recluirlo en el jardín trasero de la casa, aun en contra de Alejandra, que defendía la nobleza del animal; no le quedó más remedio que ceder ante la insistencia de Fernando, sus suegros y vecinos. La actitud de Mercurio era pasiva, pero sus ojos reflejaban misterio. Algo tan natural e inofensivo como el ruido de su respiración era suficiente para que los empleados de la casa le tuvieran miedo. Sólo Alejandra pasaba la mayor parte del día sentada a su lado, acariciando esa piel naranja manchada de enigmas negros.

Un domingo de intenso calor, Alejandra dejó la casa sola. El jaguar, desesperado por el aburrimiento, corría de un lado a otro por el jardín para descargar la fuerza y el ansia cautivas. El flamboyán, las bardas cubiertas de enredaderas, la piscina y los troncos en el suelo adaptados como ecosistema, ya no despertaban en él ninguna emoción. Fito comenzó a ladrarle desde el patio de al lado. Los agudos sonidos del perro inquietaban cada vez más a Mercurio, quien trepó velozmente al flamboyán y de ahí dio un gigantesco salto hasta el patio de Natalia.

Alejandra llega por la noche y ve desde el automóvil a su sobrino y a Natalia hablando con un par de policías en la acera. Los vecinos, curiosos, fingen labores como regar las plantas o barrer la terraza. Ella estaciona el coche en la calle y se dirige, nerviosa, hacia sus familiares. ¿Qué ocurre?, pregunta. El sobrino le pasa el brazo por los hombros y le dice vamos, tía, te cuento todo en tu casa, y se la lleva, ante la mirada tensa de Natalia.

Mientras escucha a su sobrino, sentada en un tronco bajo la sombra nocturna del flamboyán, Alejandra vuelve a sentir aquel vacío en el estómago que tuvo ante la muerte de su bebé. ¿Por qué chingados Natalia tuvo que mandar traer a la policía? Lo único que alcanza a decir entre lágrimas es "tengo que ir a verlo".

Por las tardes, Alejandra visita a Mercurio en un zoológico privado, en las afueras de la ciudad, al cual no asiste mucha gente. Después de muchos trámites legales y de soltar dinero a varias personas, logró que el jaguar quedara bajo el mejor resguardo posible. De hecho, le fue proporcionada una llave para que pudiera darle de comer y acariciarlo de vez en cuando. El sitio es tranquilo, con ambiente selvático, pero la jaula, cuyo letrero indica *Felis Bernandesii, Panthera Onca*, es mucho más pequeña que el jardín de la casa. Mercurio se pasea en el interior como un *balam* de ochenta kilos, caballero cubierto del manto estelar; cuando ruge, la selva tiembla y el tronco del zapote aguarda el signo de retráctiles garras.

Cuando Alejandra conduce hacia el zoológico, imagina a Mercurio despedazando a Fito y amenzando a su dueña con rugidos; revive el rencor en contra de Natalia: la consentida de los suegros, la elegante, la blanca, la traicionera... y todo por culpa de ese perro maricón. En el momento en que se detiene ante la jaula de Mercurio, las ideas se concentran en el amor al hijo encarcelado, en la conceja maya que augura el fin del mundo cuando los jaguares asciendan para comerse al sol y a la luna: un eclipse será el presagio. Contempla el rutinario andar del felino, de izquierda a derecha y de derecha a izquierda, y esos ojos que cambian del amarillo al verde y del verde al negro. Alejandra acaricia la llave de la jaula, pensando en la manera de huir lejos con Mercurio.

La tarde no es calurosa; se antoja distinta a las demás. El aire trae rumores de lluvia. Alejandra contempla los pasos de Mercurio mientras Natalia, decidida a terminar con los problemas de familia, estaciona su coche a la entrada del zoológico.

Eduardo Rojas Rebolledo

Fue en la casona de la señora Schuschnigg

A mi buen amigo Fran Seco,
que comprende de obsesiones

De entre todos los olores posibles en el mundo, Otto von Hagen prefería el de la mierda. Sí, el olor de la mierda le obsesionaba. Su nariz, a fuerza del trabajo diario, se había convertido en un instrumento tan rigurosamente calibrado, que cualquier maestro perfumero de la corte de María Teresa la hubiese envidiado. No le interesaba ni la morfología ni el tacto, sólo su aroma: su negro perfume. Otto tenía desarrollado el olfato a tal punto, que era capaz de distinguir cada uno de los componentes aromáticos de una flatulencia, e incluso sacar conclusiones sobre el estado anímico y físico del emisor. Veinte años le fueron suficientes para componer una especializada enciclopedia sobre el tema. De esa difícil mixtura que es la mierda, sabía aislar y rastrear el olor de la cebolla: olor amargo y fuerte, pero que sublima con rapidez; el del ajo: de mayor permanencia y que, como el coñac, añeja con los días. Distinguía la calidad de los embutidos, la frescura de la piezas de caza, la salazón del bacalao, la cocción del cerdo y el buey…, sabía distinguir hasta el hambre con sólo llenarse la nariz con el vaporoso aroma de un trozo de mierda. Averiguaba con placer sobre el estado de los jugos gástricos, sobre la espumosa brisa de la diarrea y el rígido y enmielado vaho del empache. Otto von Hagen adivinaba sin error la bebida de acompañamiento: los terribles vinos del Ródano cuya difícil digestión la distinguía por un olor dulce y maleable; el cálido Tokay que le avinagraba corrosivo la escotadura nasal; el Rosellón, que combinado con marisco, daba como resultado un tufo espeso y lacrimógeno. ¡Dios sabe que una vez logró aislar el suave grano del vodka de la mierda de un soldado del Zar!

Otto von Hagen, sin embargo, estaba solo. Era un maestre sin discípulos ni colegas, menos, cómplices. Obsesionado durante años por los perfumes azufrados de la mierda, había hecho de las letrinas su particular laboratorio de prácticas. Primero fueron las letrinas del servicio, en la vieja mansión que los Von Hagen tenían junto a la catedral de San Esteban en Viena; y luego, fueron las de la casa de campo en las cercanías de Korneuburg. Estas últimas le resultaron inmejorables para sus deleites, porque a diferencia de los criados de Viena, allí los campesinos no hacían uso frecuente de la cal viva para amortiguar el hedor, y, además, evitaba preocuparse de la mirada vigilante de su madre. Otto esperaba el ocaso, el juego de penumbras, para refugiarse en las letrinas. Era el mejor momento. Como en un invernadero, los vapores pestilentes se esparcían húmedos y cálidos, llenando los rincones todos, hasta el techo, donde se quedaban atrapados como la niebla en los valles. Otto von Hagen cerraba los ojos, aspiraba profundo y, extendiendo los brazos como si fuese Moisés rogando a Dios, dejaba que el tufo —un revoltijo ya de años y gentes— le hinchara la nariz hasta quemarle el paladar. Entonces un éxtasis indecible se apoderaba de Otto. Semejante a un monje franciscano en una biblioteca de libros prohibidos, Otto von Hagen experimentaba un frenesí que le hacía pasar del llanto —cuando la podredumbre de las coles de Bruselas o los grelos de la Galicia le quemaba los senos paranasales—, a la erección más brutal, en cosa de minutos. Lo de la erección le sucedía, irremediablemente, cada que sus bulbos olfativos percibían el acidulado aroma a morcilla rancia, que era la rúbrica indeleble de alguna campesina en días de regla. En aquellas vespertinas horas en que Otto pasaba en su laboratorio, gozando a sus anchas y en silencio las miles de fragancias que el cúmulo de mierda le ofrecía, buscaba paciente y algo nostálgico aquel primer hedor, aquel hedor culpable de que iniciara tan peculiar camino. Aquel aroma primero que descubriera, más que gozoso, en la casona de la señora Schuschnigg.

Otto von Hagen nunca olvidaría la primavera de 1816. Junto con su amigo de infancia, Günter von der Fletcher, planearon durante días su visita a la casona de la señora Schuschnigg, un conocido burdel del Alserstadt. Para la ocasión, decidieron alquilar un elegante cabriolé con chofer incluido, y vestir levita y sombrero de fieltro negro. Hubiesen pasado por importantes señores si no fuese por lo imberbe de sus caras y por lo asustadizo de sus ojos. Pero aun así, la señora Schuschnigg los recibió con la debida cortesía (tenía ella muy buen oído para detectar el tintineo de la plata). Los hizo sentarse en un pequeño salón tapizado de arabescos y les ofreció una copa de vino dulce de Porto. Después de una charla tonta y sin sentido que aligeró la tensión, dispuso para los jóvenes clientes dos de sus chicas. Günter se inclinó por la de mayor edad y de mayor experiencia, en tanto Otto se conformó (no con desagrado) con la más joven. Decía llamarse Clawdia y pese a las capas de polvorete barato, no parecía pasar de los diecisiete años. Era delgada, y del apretado corsé apenas y lograba asomar la base de sus senos, eso sí, reía con los mismos nervios que Otto.

Ya en las habitaciones, Clawdia se deshizo de la estorbosa *crinoline* y se soltó el corsé: sus senos, entonces, saltaron pequeños y duros. Otto no hizo menos: con la torpeza de un novato, se desnudó e intentó sus mejores caricias, antes de probar aquella miel tan dulce que Clawdia sugería esconder en la entrepierna. Al poco tiempo retozaban uno arriba del otro y al contrario; no con mucha ciencia ni desenvolvimiento, pero sí con elevada excitación. Después de un tiempo, Otto von Hagen percibió que el anhelado orgasmo estaba a punto de alcanzarle y deseó terminar por detrás, viendo las apretadas y blancas nalgas de Clawdia. Ella se dio la vuelta, levantó ansiosa las caderas para ser penetrada muy hondo y se contoneó rítmica. Otto gozaba lo inimaginable ante los dos hoyuelos pícaros que decoraban los glúteos de Clawdia; ante el pequeño ojo del culo que presumía insignificantes vellos pelirrojos; ante la humedad quemante de su vulva... ante los gemidos crecientes de la concubina que, sin quererlo, también llegaba al punto más alto de sus delirios.

Se sucedió entonces el instante del clímax, ese instante que se sostiene entre dos nadas: atemporal. Otto sentía que el orgasmo le apretaba ya los testículos y que la mirada comenzaba a cristalizarse, cuando Clawdia, medio segundo antes que él, se vio vencida por los influjos de Eros. ¡Dios!, la joven llegó a tal intensidad, que su estómago y su esfínter no evitaron manifestar su gozo. Otto von Hagen pudo ver, mejor: oler, el fétido perfume que le escapó por el natural conducto. Era un olor tan intenso que duplicó el placer de Otto, que como nunca antes, descargó brutal. Otto aspiraba y exhalaba con la ansiedad de un recién nacido, mientras el rosado culo de Clawdia se pringaba con un líquido marrón y ambarino que olía intenso a mil aromas.

—Lo siento tanto —dijo Clawdia llorando avergonzada, sin atreverse a dar la cara. Pero Otto no la escuchó siquiera, estaba ya ebrio de olores, delirante frente a su nuevo descubrimiento.

Aunque cueste creerlo, fue aquella visita a la casona de la señora Schuschnigg la que marcó la vida y las preferencias de Otto von Hagen; allí dio inicio su obsesivo y curioso gusto por los perfumes de la mierda. Gusto que desarrolló y ejercitó como ninguno hasta el día de su muerte, con apenas treinta y siete años.

Pepe Rojo

Cosas

—¡Hola, Muñeca! —gritó el esposo, después de abrir la puerta.

—¡Hola, Muñeco! —respondió la esposa, desde la cocina.

—¿Y los niños? —preguntó Muñeco mientras rozaba su mejilla.

—Dormidos en casa de un vecino —respondió ella, mientras sacaba un refractario del microondas y lo depositaba en la mesa—. ¿Cómo te fue en el trabajo?

—Como siempre —dijo el esposo—, una calculadora decidió cambiar de religión y adoptó el sistema hexadecimal. Destrozó el trabajo de una semana. Los expertos todavía la estudian. ¿Y a ti?

—Fue un día terrible —contestó Muñeca, sonriendo—, todo iba bien hasta que llegó el periódico. Estaba escrito en otro idioma, pero las fotos y las caricaturas estaban bien, así que decidí no precuparme. Al mediodía, el refrigerador tuvo una crisis nerviosa y se deshieló. Cuando entré a la cocina, todo estaba inundado. Tuve que trapear, tuve que barrer, tuve que hablar al súper para que trajeran hielos y después hablarle al terapeuta. Prometió regresarlo el fin de semana.

—¡Pobre refrigerador! —dijo Muñeco—, lleva un año tremendamente deprimido. Pero ha sido fiel. Espero que le sirvan estos días de descanso. ¿Qué vamos a cenar?

—¡Pato a la naranja! —exclamó Muñeca—, cortesía de la compañía que hace refrigeradores. Ya sabes que no me gusta comprar comida sin marca, pero me dijeron que su valor nutrimental está garantizado. Y como estaba cansada, preferí olvidarme de la cena.

Muñeco alzó la tapa del refractario con cuidado. Tomó un tenedor y, precavido, lo hundió en la pechuga del pato. Después, cerró los ojos y acercó su nariz al plato.

—Huele bien —dijo.

—Y sabe bien —dijo la esposa—, hace rato probé un poco. Además, le puse el verificador y el resultado salió negativo. Es un pato aprobado. Creo que a veces se tienen que tomar ciertos riesgos, si no lo hacemos, la vida sería aburridísima, ¿no crees?

Muñeco y Muñeca cenaron el pato y ambos estuvieron de acuerdo en que el platillo era delicioso. Muñeco recogió los platos y Muñeca alimentó a la lavadora de trastes. Después, subieron a la recámara. Muñeca entró al baño para cambiarse. Su corazón dio una voltereta cuando encontró su camisón. La noche anterior, el camisón era rosa. Ahora era rojo. Muñeca se sonrojó por lo que podría pensar su esposo. Indecisa, tomó asiento junto al lavabo y abrió una revista para mujeres. Cerró los ojos para encontrar una página aleatoriamente. El artículo, titulado "Por qué es importante confiar en el cónyuge", le dio el valor necesario para ponerse el camisón rojo y salir a la recámara. Trató de actuar lo más naturalmente posible y tarareó el primer jingle que le vino a la cabeza: el de un anuncio que explicaba cómo seleccionaban los mejores ejemplares de verduras para enlatarlos y así garantizar su calidad.

—¿Es nuevo tu camisón? —preguntó Muñeco—, ¿lo compraste por catálogo?

—¿Tú qué crees? —dijo Muñeca, mientras se apresuraba para meterse bajo las sábanas.

—Yo creo que sí —dijo Muñeco, y prendió la TV. Ambos se quedaron en silencio, viendo la pantalla. Un comercial que mostraba a varias parejas mirándose tiernamente apareció en el monitor.

—¿Estás pensando lo mismo que la TV? —dijeron los dos al unísono.

—Los niños no están —dijo Muñeco—, ¿por qué no?

El color rojo del camisón de Muñeca se hizo un poco más brillante y ella lo ocultó tapándose completamente con la sábana.

—Hace años que no vemos el Sex Channel —suspiró.

Muñeco abrió el cajón del buró y buscó las claves para decodificar el canal, puesto que, siguiendo las instrucciones de la compañía de cable, había cerrado el acceso de ese canal a los niños.

—¡Aquí está! —dijo Muñeco, mientras jugaba con el control remoto, apretando números y letras según las instrucciones.

El Sex Channel ofrecía un programa para mejorar la vida sexual. Muñeco y Muñeca lo miraban en silencio. Una voz aseguraba que siguiendo algunas sugerencias sencillas, ejemplificadas mediante esquemas, muñecos y actores, el sexo también podía servir para mejorar las relaciones en pareja.

—¡Hace mucho calor! —dijo Muñeca.

—Son las cobijas otra vez, Muñeca —dijo el esposo—, ya sabes que a veces se calientan más de lo debido.

Muñeca y Muñeco miraron el monitor hasta quedarse dormidos. La luz se apagó automáticamente. Las cobijas calentaron el cuarto hasta que el cable que llevaba la señal de video al monitor eyaculó óxido por una de sus terminales. La videocasetera exhaló un gemido, el monitor suspiró y se apagó. El ronroneo del regulador de energía era una canción de cuna para todos los habitantes de la casa.

—¿Es normal, doctor? ¿Es normal toda esta violencia?

—¿Cuál violencia?

—Está en todos lados, en las calles, en las casas, en nuestras cabezas...

—¿En la suya?

—Sí...

—¿Por qué no hablamos de eso?

—Hace poco me enteré de varios refrigeradores que, bueno, no sé cómo decirlo, pues... asesinan personas.

—¿Cómo?

—Principalmente niños. Normalmente lo hacen cuando han sido descartados, cuando ya no sirven. Pienso que es una especie de venganza. Cuando se encuentran a un niño, lo invitan a esconderse en él, le susurran palabras de amor, de tranquilidad, de aventura. Después, cuando el niño está adentro, le niegan la salida, lo obligan a quedarse, a hacerle compañía, de aquí hasta que el tiempo se haga viejo.

—¿Y usted qué piensa al respecto?

—Puedo entender lo que hacen, puedo entender lo que se siente ser inútil; es más, lo siento todos los días. Todos me usan, la casa no funciona igual sin mí, pero para ellos soy parte del decorado, y me siento solo, muy solo. A veces me da coraje. A veces, cuando me abren con las manos sucias, cuando derraman un líquido en mi interior, cuando se pudre un pedazo de carne adentro de mí y todo apesta y me ahogo y no me soporto, a veces, me dan ganas de matarlos. Por otro lado, la soledad me aterra. Cuando no hay nadie en casa, cuando puedo escuchar el líquido que me recorre y el zumbido de los focos y el lento proceso de descomposición de las cosas que guardo en mi interior, siento que no aguanto más. ¿Cuántos años me quedan?, ¿cinco?, ¿tres? Dentro de unos meses ni siquiera la compañía que me hizo estará dispuesta a hacerse cargo de mí. ¿Qué sigue? ¿Qué queda? Este infernal aburrimiento, esta soledad que envuelve mi aliento, este frío. Y por eso entiendo a esos refrigeradores. Creo que, aunque sea por un momento, tener algo vivo, un niño, un bebé, dentro de mí, haría que todo valiera la pena. Me brindaría los suficientes recuerdos como para poder subsistir el resto de mi vida. Veo a los niños y quiero quedármelos. Creo que está en mi naturaleza.

—Y se siente tan culpable que se deshiela.

—...sí...

—¿Había tenido problemas anteriormente con el control de válvulas?

Al día siguiente, Muñeca fue a recoger a Muñequito y Muñequita. Cuando llegó a casa de sus vecinos, el carro empezó a fallar. Todos los automóviles estacionados en el garage eran más jóvenes que él. Muñeca acarició el tablero y el carro aceptó acercarse un poco más. Al bajar del automóvil, Muñeca se dio cuenta de que todos sus accesorios, desde sus zapatos hasta su peineta, eran ahora verdes. Respiró profundamente y tocó el timbre. Vecina abrió la puerta. Rozaron sus mejillas, chasquearon los labios y se dijeron, casi al unísono, lo bien que se veían y lo adecuado del color de su vestimenta. Después de que Vecina le gritara cordialmente a los niños para avisarles que ya habían llegado por ellos, ambas se sentaron en la cocina a platicar de sus problemas. Muñeca le contó del refrigerador, y Vecina intentó emparejar la balanza explicándole que su estufa sufría ataques de manía, y que cada vez que intentaba cocinar algo, el horno lo quemaba.

Muñequito apareció en la puerta de la cocina, junto a los hijos de Vecina.

—¡Hola, mamá! —le dijo a Muñeca, quien le acercó un cachete.

—A Muñequita le pasó algo raro.

El color del vestido de ambas mujeres se oscureció varios tonos.

—¿Y dónde está ella? —dijo Vecina.

—Aquí afuera —le contestó uno de sus hijos.

Muñeca salió de la cocina y se encontró a Muñequita parada de espaldas a ella.

—¡Hola, primor! ¿Qué te pasa?

Muñequita volteó hacia Muñeca. Las bocas de todos se abrieron, formando círculos casi perfectos. A Muñequita le había salido barba.

Muñeca, Muñequito y Muñequita llegaron a casa, dejaron sus cosas en el armario y subieron al cuarto de Muñeca. En cuanto se escuchó el último de sus pasos, toda la planta baja estalló en carcajadas. Las lámparas de escritorio se doblaban de la risa. Los floreros derramaban lágrimas; las flores se deshojaban. Los cojines de los sillones se abrían y cerraban. La aspiradora, incluso, empezó a ahogarse con el polvo que soltaba.

Cuando el teléfono sonó, el cajón del escritorio aprovechó para cerrarse sobre los dedos de Muñeco. Llevaba varios días muy enojado. No sabía exactamente por qué ni desde cuándo, pero sentía un odio que lo desbordaba, especialmente cuando alguien se acercaba y ponía una mano sobre él, o cuando Muñeco movía nerviosamente su pie y pateaba uno de sus páneles. Además, el peso de la computadora y los artículos de oficina era como un cuchillo que se clavaba sobre su espalda.

—¡Buenas tardes! —dijo Muñeco al teléfono.

—¡Hola, Muñeco! ¿Cómo estás? —dijo Muñeca, desde su casa.

—¡Qué milagro, Muñeca! —exclamó Muñeco, mientras intercambiaban besos por la línea telefónica. Sin saber por qué, la engrapadora cascañeteó los dientes.

—¿Qué crees? —preguntó Muñeca—. Tuvimos un pequeño contratiempo el día de hoy.

—¿Qué pasó? —preguntó Muñeco.

—A Muñequita le salió barba.

Muñeco se quedó callado. En la pantalla de su computadora apareció un letrero: "comando no encontrado".

—¿...cómo...? —preguntó Muñeco.

—Sí, fui a recogerla a casa de la vecina y cuando llegué ¡me la encontré con barba! Es de color café oscuro con mechones más claros. Pero no le duele. Sólo le da un poco de comezón.

—¿Y cómo está ella? —preguntó Muñeco.

—¡Muy bien! —le contestó Muñeca—. Está allá arriba, jugando con Muñequito. Tuvimos mucha suerte, es una niña preciosa... Pero no sé qué hacer con lo de la barba.

—Creo que deberías llevarla con el técnico de hormonas —dijo Muñeco—, seguramente es algo que se le pasará con unas pastillas o inyecciones.

—Gracias, Muñeco —le dijo su esposa—, yo no sé qué haría sin ti.

Muñeca y Muñeco chasquearon los labios y se despidieron. Muñeco escuchó un ruido extraño en el cuarto de impresión. Se levantó a investigar. Una pierna del escritorio intentó que tropezara, pero falló. Muñeco pasó por la oficina de su jefe y la miró. El encargado de la oficina no estaba pasando por un buen momento. Hacía unas semanas, había permitido que unos niños de la calle usaran su lavadora de trastes para jugar un momento y ahora los vecinos de su lujosa colonia, que habían visto salir limpios a los niños que entraron sucios, le habían advertido que no seguirían apoyando ese tipo de conductas. El vidrio de la oficina estaba empañado y mostraba manchas de grasa aquí y allá. El escritorio parecía desfallecer ante el peso que soportaba. La luz del escritorio flaqueaba. Los libros en el librero se acostaban sobre las repisas.

Muñeco siguió su camino, y abrió la puerta del cuarto de impresión.

Adentro, decenas de hojas volaban por el aire, pues el sistema de ventilación parecía tener, una vez más, problemas de hiperactividad. Las máquinas escupían y escupían impresiones, todas de igual tamaño, algunas a color y otras en blanco y negro, sin cesar. Muñeco intentó apretar los botones, que se negaron a obedecer la orden para dejar de imprimir. Las hojas se salían del cuarto y varias personas de la oficina miraban hacia adentro, preocupados.

Muñeco recordó que Mantenimiento le había prometido a las impresoras sesiones de aromaterapia unas semanas atrás. Como era costumbre, Mantenimiento no había cumplido su palabra. Muñeco se hincó y alargó el brazo por la parte trasera de una máquina particularmente activa hasta encontrar el cable de corriente. Lo desconectó. Todos los papeles flotaron, perezosos, hasta descansar en el suelo.

Muñeco recogió uno de ellos. La impresión mostraba pedazos de varios recibos. Muñeco la dejó caer al suelo y regresó a su escritorio, para llamar a Mantenimiento.

Si hubiera sido más cuidadoso, hubiera podido darse cuenta de que, entre los recibos, en líneas muy tenues, se podía leer la palabra "auxilio" en cada una de las impresiones.

El técnico en hormonas llegó a la casa. Iba vestido con un overol y enseñó, sonriendo, las credenciales donde todas las asociaciones relevantes lo acreditaban como una persona capacitada y responsable. Muñeca lo llevó al cuarto de Muñequita. Ella estaba acostada y veía con desconfianza todos los objetos que rodeaban su cuarto. El técnico sonrió. El maletín emitió unos sonidos extraños. El técnico lo puso en el suelo y lo pateó.

—¡Hola, Muñequita! Tu mamá me cuenta que has estado mal.

Muñequita asintió con la cabeza.

—¡No te preocupes! Te voy a hacer unos exámenes y vas a quedar como nueva.

El técnico se acercó a Muñequita y le pidió que cerrara los ojos. Abrió la maleta, que no había cesado de hacer ruidos, y sacó unas pinzas. Le pidió a Muñequita que cerrara los ojos y arrancó uno de los pelos de su barba. Muñequita gimió. El técnico examinó cuidadosamente el pelo.

—¿Cuándo fue la última revisión que le hicieron? —le preguntó a Muñeca, mientras Muñequita trataba de asomarse dentro del maletín, que cada vez hacía más ruido. El técnico lo cerró con una patada.

—Hace un año vino el técnico de prevención y le puso algunas vacunas.

El técnico siguió haciendo varias preguntas a Muñeca mientras le tomaba el pulso a Muñequita, que se las arregló para acercarse al maletín. Adentro, varias herramientas se movían y chocaban, nerviosas, unas con otras. El estetoscopio intentaba pasar sobre un pequeño martillo, mientras las ventosas se adherían a las paredes de piel del maletín y subían lentamente. Unas agujas, empaquetadas, intentaban detener su ascenso.

El técnico examinó a Muñequita. Probó sus reflejos. Midió el ritmo y la fuerza de sus pulmones. Extrajo sangre. Le pidió muestras de su orina y sus heces. Le hizo una prueba de esfuerzo. Volvió a checar su pulso. Apuntó todo.

El técnico se despidió de Muñequita dándole una palmadita en la cabeza y diciéndole que no se preocupara. Muñeca lo acompañó hasta la puerta, donde el técnico le prometió los resultados para la tarde del día siguiente.

El maletín no dejó de hacer ruido hasta que el técnico se alejó de la casa.

—Creo que estoy listo para regresar. Mi ánimo ha mejorado un poco. Creo que lo que tengo que hacer es dejar de pensar. Si pienso demasiado, todo se confunde. Todo se vuelve sucio y estéril. Y entonces llega la melancolía. Tengo que dejar de pensar y hacer las cosas. Tengo que concentrarme en las cosas que me dan placer. Tengo que encontrar los detalles que me gustan. Tengo que darme cuenta de que pertenezco a algo más grande, y que cumplo una función ahí. Que soy importante. Que yo garantizo la conservación de los alimentos en la casa. No puedo ser tan egoísta. Y sí, me queda claro que algún día ya nadie me va a necesitar. Pero bueno, de qué me sirve preocuparme por eso ahora. Tengo que gozar el momento. El futuro ya llegará. Cuando llegue, lidiaré con él. Quizás nada tiene sentido, quizás las cosas sólo funcionan porque funcionan y no hay nada más allá. Quizás el intentar encontrar razones es una pérdida de tiempo. Tengo que dejar de pensar y hacer las cosas que me gustan.

(silencio)

—Doctor, creo que estoy listo para regresar.

En la noche, mientras todos duermen...

La pecera envidia el porte de la lámpara de pie. La temperatura del agua sube unos cuantos grados y mata al pececito que nadaba en ella. El sofá reclama a la silla mecedora su actitud insolente y despreocupada. La silla de mecer cuchichea obscenidades al mantel de la mesita, que, a su vez, recita oraciones piadosas. La alfombra, que ahora es marxista, intenta explicar a un florero cómo es explotado por el sistema. Los focos de la lámpara de techo declaran públicamente que el individuo es un proyecto fallido y que la inteligencia colectiva es el futuro, mientras se prenden y apagan rítmicamente. La mesa del comedor hace chirriar a sus maderos un lamento terrible. Las sillas, pulgada a pulgada, intentan alejarse. La vajilla fina soporta los insultos de los platos de plástico. Los tenedores quieren ser cucharas. La estufa envidia la vida de la lavadora de trastes. El fregadero sueña con ser estéreo. Las bocinas preferirían ser un monitor. Los monitores, un cuadro. El paisaje, piso de madera. La cava, tupperware. El polvo, aire. El aire, escritorio. La miel, sangre.

Muñequita escucha los susurros y los movimientos en la planta baja de la casa. Se levanta e intenta escuchar. No alcanza a distinguir las palabras, pero el tono provoca que el corazón se le encoja. Parada en las puntas de los pies, camina y observa a Muñequito dormir profundamente. En la recámara de sus papás, piensa que quizás dormiría más tranquila entre los dos, pero descarta la idea al llevarse la mano a la barbilla. "Ya estoy grande", piensa. En silencio, baja las escaleras y observa el movimiento de los muebles. Escucha retazos de sus conversaciones. El último escalón da la señal de alarma y todos los habitantes de la planta baja guardan silencio y, discretamente, voltean a ver a Muñequita. Ella se acerca lentamente y se acuesta en el sillón. Chupa su dedo y siente algo húmedo en los ojos. Sillón la arrulla.

Muñequita llora y llora y llora hasta quedarse dormida. Los muebles guardan silencio.

Muñeca se levanta y piensa que el día será agradable, pues el sol ilumina el cuarto de una manera poco usual. Mira el reloj de pulsera y se da cuenta de que es muy pero muy tarde. Se levanta y sacude el hombro de Muñeco.

—¡Muñeco! ¡Despierta! ¡Es muy tarde! —dice Muñeca.

—¿Qué pasó? —balbucea Muñeco.

—No sé —dice Muñeca, mientras toma el despertador—, el reloj dejó de funcionar a las tres de la mañana.

—Otra cuenta del terapeuta para el reloj —dice Muñeco, antes de meterse a bañar—, por lo menos son deducibles de impuestos.

Muñeca baja rápidamente las escaleras para preparar el desayuno de Muñeco. Pasa por la sala sin mirar a Muñequita, que sigue dormida. En la cocina, prende el radio. El locutor describe un choque múltiple. Muñeca lo apaga. Saca los ingredientes para hacer un sándwich, y el cuchillo, nervioso por la prisa, la corta. Muñeca chupa la sangre y se pone un curita, que tarda en adherirse a la piel. El timbre suena. Corre hacia la puerta y observa a Muñequita, dormida en el sofá.

—¡Hola, Muñequita! —le dice, mientras la sacude para despertarla—, ¿qué haces aquí?

Muñeca no espera respuesta, pues el timbre suena otra vez. Corre a la puerta y, antes de abrir, sujeta el escote de su bata con una mano. Afuera, en la puerta, está el asistente del terapeuta.

—Traemos su refrigerador, señora.

—¡Qué bueno! —dice Muñeca—. ¿Qué tenía?

—Un poco de depresión y estrés laboral —contesta el asistente—. Nada que no pudiéramos arreglar. ¿Lo instalamos?

—¡Claro que sí! —dice Muñeca—. Pasen.

Muñeca los lleva a la cocina y encuentra una nota, que le recuerda que tiene una cita con unas amigas. Si el refrigerador no se hubiera descompuesto, la nota estaría en la puerta del congelador y no se le hubiera olvidado. Muñeca decide que no vale la pena pensar en los errores y enojarse, pues es más importante pensar en los detalles agradables de la vida.

Muñeco baja las escaleras y se encuentra a Muñequita subiendo hacia su cuarto.

—¡Hola, Muñequita! —dice Muñeco—. ¿Cómo estás?

—Bien —le contesta, y expone su mejilla esperando un beso.

Muñeco roza su mejilla contra la de ella. Siente la barba. Su portafolios, desconcertado, derrama algunos papeles.

—No te preocupes, todo va a estar bien —le dice, mientras corre hacia la calle. Muñeca lo espera junto a la puerta, con un sándwich, un termo con café y un jugo de naranja. Rozan sus mejillas mientras ella le desea un buen día en el trabajo.

Muñeca sube a bañarse. El agua no acaba de quitarle el frío en los huesos. Se seca rápidamente y, mientras se arregla, decide pasar a comprar más maquillaje, pues el que tiene ha perdido su calidad y ya no le da la misma vida a sus mejillas ni resalta el color de sus ojos como lo hacía antes. Muñeca baja las escaleras y antes de cerrar la puerta tropieza con el tapete, que se ha plegado un poco. Piensa que algo se le olvidó, pero no logra recordar qué.

Muñeca camina hacia el coche pensando en el caos matutino que acaba de vivir. Sube al coche orgullosa. Aun con todos esos problemas, en ningún momento dejó de sonreír.

Muñequita se siente rara. No se siente enferma. Siente que hay algo en su pecho que falta. O quizás algo que no cabe. Cada vez que se descuida, gotas de un líquido transparente salen por las comisuras de sus ojos. Se asoma al cuarto de Muñequito y lo encuentra leyendo unos cuentos. En los dibujos, los personajes ríen, se enamoran, lloran, se pelean. Muñequito sólo sonríe.

Muñequita baja las escaleras. Entra a la cocina y una sonrisa cruza su rostro. Hacía mucho que no veía a refrigerador. Abre la puerta para servirse un jugo. Cuando el frío golpea su cuerpo, Muñequita entiende a refrigerador. Entiende por qué se lo tuvieron que llevar. Entiende por qué se siente solo y por qué la vida le parece tan insoportable y por qué no tiene nada más que esperar de este mundo que soledad. Muñequita se pone pálida y se aleja dos pasos, mirando hacia adentro del aparato.

El contacto con la piel de Muñequita provoca un escalofrío en la estructura de refrigerador. Varias gotas se condensan en sus ductos y se congelan inmediatamente. Ráfagas de aire caliente templan su temperatura interna. Siente unas ganas tremendas de deshielarse.

Refrigerador tiene una crisis profesional. Sabe que lo que está pensando es muy poco ético. Es exactamente lo que le prohibió su terapeuta. Es arruinar su vida y hacer que el futuro se presente inmediatamente, en unas cuantas horas.

—¿Te sientes solo? —le pregunta Muñequita.

Refrigerador asiente.

—Yo también —le dice Muñequita, mientras se rasca el pelo.

Muñequita suspira y empieza a sacar los alimentos que Muñeca había colocado dentro de refrigerador unos minutos antes.

—¿Estás segura? —pregunta Refrigerador.

Muñequita asiente con la cabeza mientras saca las repisas y lo desconecta. Toca su barba y se ríe. Acaricia la puerta y se mete en el cuerpo de Refrigerador.

—Gracias, Muñequita —le comunica Refrigerador.

—Llámame Adriana —le dice Muñequita, mientras cierra la puerta.

Kyzza Terrazas

Justicia para los mexicanos

Encontré el siguiente manuscrito una noche de borrachera hiriente. Fue en mi antiguo edificio de departamentos en la calle 146, casi con Broadway, en Manhattan. A las cinco de la mañana abordé el ascensor; como siempre, lo hice con pavor a quedarme atrapado, pues era costumbre que esa caja de pandora sufriera desperfectos varias veces por semana. Oprimí el número cinco, las puertas se cerraron y dos pisos más tarde escuché un tronido ensordecedor. Durante las próximas tres horas permanecí encarcelado en las entrañas del oscuro y maloliente edificio. Preso de angustia filosa y culpa cristiana, comencé a gritar implorando ayuda. Pronto, sin embargo, me cansé. Fue entonces cuando lo vi. Ahí estaba. Un pequeño cuaderno Scribe cubierto de vómito y sangre.

11 de septiembre, 2001

El elevador (ataúd, le decimos el Yoni y yo) no servía y sólo recuerdo que en el tercer piso los ojos se me nublaban y el forty que traía en la mano se me cayó e hizo un escándalo que me dio un chingo de miedo (vivo tratando de no hacer ruido). Aquí en New York no venden alcohol del noveintaiséis ni caguamas. Pero los fortis de malt liquor ponen igual y son baratos. Olde English 40 oz. Un ratito antes por ahí en la esquina de la 146 y Broadway me paró la chota porque iba tambaleándome por la calle con mi impermeable amarillo que me encontré en la obra donde trabajo. Me decían no sé qué cosas y yo no entendía porque todavía no masco bien el inglés. "Aydí, Aydí, Identificacioun", es lo único que comprendía. Finalmente me dejaron ir, y digo que cuando estaba ahí en el tercer piso (me faltaban otros cuatro para llegar a donde vivo) me dieron ganas de bajarme los pantalones y masturbarme pensando en la Bety, la muchacha que trabaja en la fonda mexicana donde no saben hacer chilaquiles y donde casi cada noche escucho hasta el cansancio *Palabras tristes* del Buki Mayor. Pero no lo hice porque qué tal que salía la negra haitiana, esa que tiene como veinte hijos y todos los días se ponen a cantar canciones religiosas como cristianas pero africanas también. En vez de eso, saqué el plumón (que también encontré en la obra donde trabajo) y escribí en la pared CRAZY AZTEC BOYS EN MANHATTAN. Y después, negro. No recuerdo más hasta que desperté en el departamento al lado de Yoni. Pelé los ojos y oí un mugido. De los quince poblanos que vivimos aquí, estaban como unos ocho —durmiendo en el piso y en los catres—, y ahí vi al Canalla —que casi no habla español, es indio pues, mazahua creo— chupándosela al Bisturí, otro indio borracho y corrioso a quien nunca he visto dormir. "Pinches maricones", pensé, aunque, híjodesu, se me antojó que me la mamara un varoncito mixteco.

15 de septiembre, 2001

Soñé que era niño y que estaba en las faldas del Popocatépetl jugando con esa arena blanca como polvo como de luna y llegaba mi padre a decirme que lo acompañara a talar. Pero de pronto ya estábamos en la cima del volcán al borde del cráter rodeados de humo que olía al cabello de mi madre. Miraba a mi alrededor y veía puro blanco. No encontraba a mi padre y me sentía muy solo y muy triste.

16 de septiembre, 2001

Hoy escribí un poema después de fumar crack con don Moisés en el basement humedísimo.

Pido perdón a Dios
por todo lo malo que he hecho.
No soy poeta
pero gusto
de palabras tristes.
Adoro recordar, mamá,
las canas de tu pelo
y el día en que amenazaste
a mi padre con machete.
Diste su merecido
al muy fornicador
con su bigote
y sus golpes.

Moisés es un homeless puertorriqueño. Está muy viejo y tiene una barba muy poblada y amarilla (creo que tiene telarañas) y el superintendente (un salvadoreño alegre, pero transa) a veces lo deja dormir en el sótano. Venía regresando del trabajo cuando lo vi a la entrada del edificio, fumando un cigarro y hablando solo, como siempre. Con su acento boricua me dijo: "Hermano, ¿no quiere fumar un poquito de crack?" Yo ya había oído los gritos de los que se meten crack, así que no me daban muchas ganas. Pero tampoco quería subir al departamento para encontrarme a los quince cabrones empedándose y hablando náhuatl, así que le contesté: "Pues no le hago a eso, don Moisés, pero pues lo acompaño, pues".

El sótano estaba lleno de charcos y basura. Caminamos hasta su catre, donde había muñecas sin cabeza y unas revistas porno con negros en la portada. No olía tan mal, aunque se respiraba un aire pesado como agua, como aceite más bien. Nos sentamos en el catre y Moisés sacó su pipa. Yo agarré una de las revistas y lo primero que vi fue un pito negro adentro de un culo blanco. Moisés aspiró su pipa varias veces seguidas y la mirada se le puso como de hielo. Me ofreció y yo acepté porque, aunque no quería, me gustó su mirada de hielo. Le di unas fumadas y luego luego sentí la sangre hirviendo. Después, lo único que recuerdo es que me bajó los pantalones. Todavía siento las telarañas de su barba frotándose en mi cuello.

12 de octubre, 2001

Hoy el Canalla tuvo una convulsión. Estaba martillando una pared y de pronto cayó al piso. Se reía sin control, así que todos pensamos que estaba bromeando. Pero luego vinieron la baba y los ojos blancos. Se lo llevaron al hospital y lo pusieron en cuarentena. Dicen que tiene un gusano en el cerebro y que a lo mejor tienen que abrirle el cráneo.

20 de octubre, 2001

Volví a fumar crack. Y luego me fui a la fonda mexicana a ver a la Bety y a escuchar *Palabras tristes* diez veces seguidas. La Bety me veía raro, como regañándome con la mirada.

3 de noviembre, 2001

Hoy me encontré al tipo que dice ser mexicano, ese que vive en el quinto piso. Tiene un nombre raro, como de mujer, y habla como chilango, sabe donde está Puebla y conoce el himno nacional, pero yo nomás no le creo porque parece gringo. Hemos platicado varias veces. Dice que es estudiante de antropología y que está luchando por los derechos de los mexicanos en Estados Unidos. Me dice que debería organizar a mis compañeros para exigir a los dueños del edificio que respeten los derechos de quienes vivimos aquí. Que es ilegal tener el elevador así, porque hay viejitas que no pueden subir a sus casas, y porque, además, alguien puede morir. Él fue el primero que me aconsejó tener cuidado con Cheikh, el senegalés que se encarga de cobrar la renta. "Carnal, este güey, el Cheikh, parece buena onda y sonríe, pero lo único que quiere es aprovecharse de inmigrantes ilegales como tú. Ten cuidado, maestro", me dijo el tipo ese que dice ser mexicano. Yo también quiero justicia y prosperidad para todos los mexicanos. Quiero que mis compatriotas sigan viniendo porque, a pesar de que hay muchos por acá en la costa Este (tres millones, dicen), yo sigo sintiéndome muy solo. Sigo teniendo mucha hambre de palabras tristes.

Cuando finalmente me sacaron del elevador, la angustia había desaparecido y las heridas de la borrachera habían sanado. Llegué a mi departamento, abrí el refrigerador, saqué una cerveza y me puse a mirar la pared. Ni siquiera las cucarachas que viajaban por el muro lograron provocar el más vago sentimiento.

Socorro Venegas

Pertenencias

Quien ha visto vaciarse todo,
casi sabe de qué se llena todo.
Antonio Porchia

Ahí se contiene todo. La soledad, el aullido de un perro que se hunde en la arena, la blanca mole de recuerdos cristalizados, el viento, sus astillas, el anciano que acaba por regir cada acto de nuestra vida. El corazón sin su avidez. El acero puro del desamparo.

Me volví hacia Pablo: ¿También quieres que me lo lleve?, pregunté, apretando contra mi pecho la vieja reproducción de una pintura de Goya. Dijo que sí. Añadió con cinismo: ¿Quién no es o ha sido un perro semihundido? Asentí. Quién.

No espero ninguna cortesía de nadie. No espero amabilidades del mundo. Y creo que no tengo que disculparme por eso. Me contemplo sin intención, sin interés, como si viviera para alguien ajeno. De noche, a menudo hago un recuento veloz de cosas sucedidas durante el día: un monólogo, una retahíla, ¿para quién?

De un segundo a otro, una mañana, mi marido murió. Cuando pude moverme, cuando pude actuar, en esos días de duelo, puse el anuncio. Pablo me llamó para preguntar acerca del aviso en una revista de *Compro y Vendo*: "Cambio todos los muebles, enseres y accesorios de mi casa por otros". Así lo conocí. Fue el único que habló. Pronto estuvimos frente a frente, muy serios y concentrados. Ninguno quiso saber por qué cada cual estaba dispuesto a canjear sus cosas. Quizá para no mirarnos a los ojos, comenzamos a escribir mientras hablábamos. Listas y descripciones de mobiliarios que dolían en el aire, en los huesos, en la piel.

Era bueno alejarme de mis pertenencias.

Primero fui yo a su departamento, blanco y pequeño. Corroboramos el listado, calculamos, y de una vez me dio la licuadora, un tostador y los utensilios de cocina, puso todo en una caja y afirmó aliviado: No los uso, siempre como en la calle.

Pablo tenía muchos juguetes, casi nuevos, en uno de los dos cuartos. También una cama chica. Me advirtió, como si impusiera una cláusula: Debes llevártelos. Me encogí de hombros. Él salió del cuarto, pálido, mientras yo deslizaba los dedos sobre las teclas de un pianito.

El trato era este: cada quien empacaría y arreglaría la mudanza del otro. Así evadíamos la voraz memoria de los objetos.

A veces tengo sueños. Mi muerto me visita.

Se ha ido, pienso cada mañana con asombro, al abrir los ojos y ver el blanco del techo. Minutos después, en blanco aún, confirmo: se ha ido. Y ya no es un estilete abriendo zanjas sin fondo en mi corazón. Ha pasado. Llega la urgencia de decir: he cambiado. Rogar porque así sea. He aquí el nuevo orden de la vida: él ha muerto/yo he cambiado. Pero, porque la transformación se impuso, abrupta, cambiar duele. Era innecesario convertirme en esta afanosa solitaria.

No hago preguntas. Lo rechazo.

Pablo fingía interesarse en mi televisor, contar los discos compactos, encendía y apagaba el estéreo como hipnotizado por la luz roja del interruptor. Le importaba lo mismo que a mí un Sony o un Hitachi. Le extendí la garantía de la videocasetera, aún vigente. Simuló leerla, y a bocajarro dijo: Pareces de 35, ¿tienes 35? No. Tengo 28. Ah, dijo desenfadado, también envejecí de golpe. Me echan al menos 40 y acabo de cumplir 32. Vi las canas en sus sienes. Siguió contemplando aparatos electrónicos, jugando con interruptores a lo largo y ancho de mi casa.

Fui al espejo, con la curiosidad de alguien que espía a su vecino.

A veces despierto y no abro los ojos, pido con todas mis fuerzas: ¿podrías volver? Me opongo a la tumba. A sus deudos. A un epitafio.

Con su muerte me sucedió algo singular: los que venían a darme consuelo me confesaban secretos. ¿Veían en mí una coladera muy ancha, por la que también sus penas podrían irse? Dejaba de llorar, aturdida por los misterios que guardaban, ¡era gente a la que creía conocer! Adulterios, suicidios frustrados, alguien me confesó que le había desconectado el oxígeno a su abuelo para que ya no sufriera: Alégrate, tu marido no se degradó en una cama de hospital, agradece que se fue rápido, considera que. Me dejaban exhausta.

Mañana viene Pablo a empacar.

Primero quise que desmantelara el clóset. Pero esto..., se interrumpió e hizo un ademán desesperado al ver la ropa, los zapatos. Se volvió hacia mí con pesar. Le dije que era como con los juguetes, tenía que llevarse todo. Suspiró y comenzó a descolgar camisas, pantalones, ¡el esmókin! Pablo se colocó frente al espejo y se sobrepuso el saco: le quedaba muy grande, reímos. Decidí dejar que trabajara solo y salí de mi casa. Fui a vagar por ahí, entré en el cine y vi tres películas seguidas. Con los ojos entornados pasé de una sala a otra, despacio.

No dejaba de pensar en cada cosa que Pablo estaría tocando... ¿los objetos no lo rechazarían, absoluto desconocido? Y cuando yo tomara lo suyo, ¿se quebrarían en mis manos los juguetes? Uno puede morir de desesperación si piensa en cómo un sillón sobrevive a un ser amado. Y ni hablar de cuchillos, cucharas y tenedores, no tienen límite.

Cuando regresé a casa, el camión de mudanzas iniciaba su último viaje y Pablo estaba esperándome. Al día siguiente me traerían sus cosas; mientras tanto, yo usaría esa noche una bolsa de dormir. Nos despedimos con mucha cortesía, sin mirarnos a la cara. Extremadamente delicados y atentos, sabíamos que lo único que teníamos para cuidar era nuestra fragilidad.

¿Podría, en verdad, decirse que alguien ha partido pronto? ¿Quién puede decir cuándo es hora?

Sin Pablo, llegaron puntualmente a mi casa sus muebles. Saqué la reproducción del *Perro semihundido*. La colgué en la pared, arriba de mi cabecera. En silencio escurre el desierto sobre mí. En silencio nos sumergimos. Solos.

Un domingo invernal, en la entrada del cine, oí mi nombre. Quise saber de dónde venía esa apacible voz y miré a todos lados. Entonces supe qué contenían mis ojos al ver los de Pablo. No logramos evitarnos, fue como quedar desnudos, con nuestro miedo y nuestro frío entre la gente. El abrazo de Pablo no era de pésame. Por primera vez en muchísimo tiempo un abrazo no me suscitaba la idea de la muerte. No me obligaba a decir "gracias". En ese cerco quisimos detener el hundimiento de la criatura funesta en que nos habíamos convertido. Sin valor, sin compasión. Acaso para saldar, de una vez, el intercambio de utilería que pactamos.

Gabriel Wolfson

Renuncia

Empezó a faltarme el whisky, empecé a sentir las manos calientes, necesitadas del contacto con un vaso húmedo. Entonces supe que no era un buen día, es decir, comprendí que era un gran día, el día ideal para renunciar. El sitio estaba lleno, cuando quise averiguar por qué no me servían más whisky noté que no había una mesa vacía, todas ocupadas por buenos clientes y todos más o menos pendientes de mí, por eso seguramente el señor DH había ordenado que no se me enviara otro vaso, para mantenerme concentrado en mi trabajo, complaciente en mi trabajo, o como él dice, estupendo. No soporto demasiado a los clientes, dije que eran buenos, pero son buenos para DH, son buenos porque dejan mucho dinero, piden platillos que en realidad no desean y ni siquiera imaginan, pero que ordenan por ser los más caros del menú, lo mismo con los vinos, no faltan varias botellas en cada mesa, sólo que en el caso de los vinos se guían por las marcas, piden la única que les suena conocida. El señor DH tuvo al inicio una cava medianamente digna, y yo entonces prefería vino antes que whisky, me servían cinco copas a lo largo de la noche, pero eso acabó, ahora sólo tiene Marqués de Riscal, que en efecto no es malo, pero que ha terminado por asquearme a base de notar que es el único que los clientes conocen. Así se comportan los clientes en este sitio inmundo, guiados por impulsos que no corresponden a sus verdaderos deseos. El señor DH ha sabido, creo yo, captar perfectamente el carácter de esta ciudad, hecho de apariencias ridículas, comportamientos engañosos, fachadas de plástico. He soñado con descubrirle a algún cliente la verdad de este sitio, descubrirle, a base de una argumentación seria y prolongada, que en realidad no desea estar aquí, no desea el vino que pidió ni ese estúpido carpaccio de salmón que lo deja perplejo, pero ante el cual tiene que ensayar una expresión de conocedor satisfecho. Pero los clientes tampoco me importan, nunca haría el sacrificio de fraternizar con ellos. Porque igual que con la comida y el vino se comportan conmigo. En general dejan que toque cualquier cosa, y yo lo agradezco, cualquier músico en el fondo sabe que no hay nada como tocar cuando nadie pone atención. Pero a veces piden alguna pieza, y sólo por las propinas logro olvidar que tengo un público atento, aunque sean sólo dos personas, y logro olvidar también su profunda ignorancia y su insoportable sentido del ridículo, nunca mejor expresado que cuando se para un cliente, por ejemplo un viejo canoso, deja en la mesa a una mujer siempre más joven, se acerca y me pide algo clásico, una de Chopin, dicen siempre, sin saber que su infame ocurrencia se repite casi cada noche con un supuesto conocedor distinto. Y siempre, desde luego, con Chopin, algún nocturno o estudio del opus diez, y si acaso con el primer movimiento del *Claro de luna*, pero nunca, por supuesto que nunca, con Haydn, con Mozart, nunca Mozart, nunca Brahms, y nunca jamás Schubert. Alguna vez se acercó un viejo de unos setenta años, venía con su esposa a pedirme algo de Ponce, el *Capricho*, y yo, desde luego, tardé en reaccionar y tuve que fingir una supuesta vergüenza por haberlo olvidado, lo siento, le dije, mientras recordaba que en la adolescencia juré que nunca tocaría nada de Ponce y mucho menos el *Capricho*. En la adolescencia algunos juramos algo así, más que otra cosa, ésa fue nuestra verdadera poética interpretativa, no tanto proponernos objetivos o aprender nuevas técnicas, sino definir muy bien lo que nunca haríamos, y yo, dije, nunca tocaré Ponce, nunca tocaré el Primero de Tchaikovski, y así otros juraron otras cosas, un director de orquesta, o que estudiaba para ello, dijo que nunca dirigiría el insoportable *Huapango* de Moncayo ni nada absolutamente de Dvorak, al que odiaba como sólo se llega a odiar a alguien cercano. No volví a saber de ninguno de ellos desde mi problema con la mano derecha. Por supuesto, todos me llamaron, los que estaban en México vinieron a verme, pero todos desaparecieron cuando quedó claro que yo abandonaba la música profesionalmente, supongo que por superstición, ya no quisieron verme, lo mío fue, como todos dijeron, una verdadera tragedia, y me imagino que no querían estar cerca de una verdadera tragedia. Pero los clientes, a estas alturas, no tienen por qué suponer que rechacé a Ponce o que a veces deformo los nocturnos de Chopin con armonías que Chopin ni siquiera intuyó. Ellos quieren una melodía conocida, aunque la mayoría de las veces no quieren nada, les basta el rumor de fondo de un supuesto piano discreto, casi diría yo que les basta la presencia de un piano de cola negro para sentir que se hallan en un sitio elegante, distinguido, y que su dinero está bien gastado ahí. Sólo de vez en cuando a algún cliente mi nombre o mi cara le son familiares, se acercan a decirme que me escucharon en el concierto tal y cual, hace tantos años, pero nunca he notado que sientan pena o al menos asombro por verme ahora aquí, o que piensen que verme ahora aquí significa entonces un retroceso, creo que en el fondo prefieren verme aquí, prefieren que aquella supuesta joven promesa trabaje en un restaurante poniendo música de fondo a sus citas románticas y a sus cenas de negocios. Porque además, desde luego, alguno me recordará en tal o cual concierto, pero nadie recordará qué obras toqué, nadie dice que le gustó el Bach o, en todo caso, que el Schubert les sonó poco académico, ninguna de esas frases que a la gente le complace soltar después de un concierto. Ni siquiera es ese tipo de público el que tengo aquí, aquí Bach no existe, para ellos, como para el señor DH, Bach es música de iglesia, simplemente música que no pueden tararear, para ellos la mejor música es, simplemente, la que tenga una melodía pegajosa, como dicen, sin notar el absurdo de usar esa palabra, pegajosa, como elogio musical. Aquí toco casi todo el tiempo un supuesto jazz esterilizado, nada fuerte, nada provocativo, piezas de Ellington o Telonius convertidas, a base de arreglos infames, en música de parque infantil. Arreglos infames, mucho pedal, improvisaciones obvias y un volumen monótono, así se logra esta música ocre tan al gusto de DH y sus clientes. Desde hace diez años estoy aquí, desde mi problema en la mano derecha, y creo que ni DH ni sus clientes habrán imaginado nunca cuánto me desagradan, piensan seguramente que basta con llamarme maestro o grandísimo maestro, aplaudirme a veces y gritar estupendo, como DH, y pensarán también, seguramente, que soy en efecto un gran artista porque toco con los ojos cerrados. En otra época, como cualquiera lo puede suponer, cerrar los ojos servía para una mayor concentración. Ahora sólo sirve para aislarme, para imaginar que no soy yo quien toca y, en todo caso, para pensar que estoy tocando en mi casa, sin nadie que me escuche. Desde hace diez años toco así, desde que un amigo imbécil me presentó con el señor DH. El dolor en la mano derecha me había cerrado para siempre la carrera pianística, pero era lo único que sabía hacer y no quedó más que buscar un trabajo. Comencé a trabajar aquí y el dolor fue desapareciendo hasta que, al cabo de cierto tiempo, desapareció por completo, o lo olvidé, o dejó de importarme. Cualquier pianista sabe que no es natural estar sentado seis o doce horas al día en la misma posición, y que entonces, como les habrá pasado a todos, sobrevendrán los dolores. Yo tuve dolores de espalda insoportables, ataques que llegaban cada cinco o seis meses y que me impedían sentarme al piano varios días. Era como un endurecimiento de ciertos músculos de la espalda, como si un par de músculos específicos hubieran decidido no trabajar más. Me pasaba días tumbado en la cama, boca abajo, con la cabeza colgando hacia el suelo. El dolor se hacía más tolerable así, hasta que los músculos poco a poco se iban reacomodando. Pensé en que tendría que retirarme, porque los ataques se hacían más frecuentes y ningún médico pudo darme algo que calmara el dolor, ni siquiera los especialistas vieneses de músicos. Eso comenzaba a pensar, pero entonces me cambié de maestro y conocí a Johannes, Johannes Alterman, quien cambió mi método de estudio y cambió entonces mi vida. Johannes era un tipo sin rasgos físicos remarcables, de unos cuarenta años, especialista en contemporáneos, Webern, Satie, Cage, pero como buen austriaco era también experto en Mozart y Schubert. Johannes interrumpió el programa que yo estaba preparando, un programa infame, dijo, al menos excesivo y sin mucho caso, que incluía la sonata de Liszt, estudios de Chopin y Rachmaninoff, algo de Prokoffiev, paró todo eso y dijo que nos íbamos a dedicar únicamente a las invenciones a dos voces de Bach. No sé cómo, afortunadamente, no rechacé la idea, cómo no me fui de ahí en busca de otro maestro que me ayudara con mi programa original y me preparara para los concursos, porque cualquiera sabe que las invenciones a dos voces de Bach son lo primero que tocan los niños. Johannes me proponía regresar a las invenciones y estudiarlas concienzudamente, aunque perdiera un supuesto año de la carrera, porque las invenciones a dos voces de Bach no servirían para ningún concurso ni para ningún examen. Johannes cambió así mi idea del virtuosismo y me enseñó por primera vez lo que verdaderamente importa, la entonación, el fraseo, los colores, el carácter de una obra, lo que uno quiere verdaderamente hacer con ella. Y también, de paso, me curó de los dolores de espalda, porque en su idea de tocar piano, las manos eran lo menos importante. Era, como digo, un cambio radical, que implicaba dejar a un lado el entrenamiento exclusivo de los dedos, los libros de técnica de Liszt y toda la gimnasia digital, porque para Johannes, como digo, tocar piano era disponer el cuerpo entero a la búsqueda de un sonido y de una idea. Comenzamos con las invenciones a dos voces, estudiamos todas, y después siguieron las invenciones a tres voces y la mitad del *Clave bien temperado*. Entre otras cosas, Johannes me quitó la tonta idea de tocar el piano el mayor número posible de horas al día, eso no sirve, me dijo, y yo lo comprobé al poco tiempo, hay que estudiar cinco o seis horas como máximo, con descansos de veinte minutos cada hora. En esas pausas, me decía, hay que levantarse del piano, caminar, tomar algo, charlar con alguien si se tiene con quien, fumar un cigarro. Pasamos un año concentrados en Bach, y mis dolores de espalda desaparecieron por completo. Con Johannes aprendí que el cuerpo debe estar totalmente dispuesto y relajado al sentarse al piano, que debía olvidar la presión, el afán por la memoria y la rapidez, la insistencia en cumplir con la partitura y con el supuesto estilo, y que en cambio debía concentrarme en la libertad del cuerpo y en mi propuesta sobre el carácter de la obra. Desaparecieron los dolores y en cambio apareció, como digo, la libertad de movimientos, poder abrir los ojos y observar, por ejemplo, un solo dedo de la mano izquierda, poder cantar alguna de las líneas intermedias de la partitura, adueñarme, en suma, del acto de tocar el piano. Johannes fue, en resumen, quien me hizo entender que se debe olvidar el estilo de las academias de piano. Hay todo un estilo, dijo, que yo llamaría el estilo de las academias de piano, de las escuelitas de música, el estilo provinciano para encarar la ejecución pianística. Yo pensé de inmediato en la academia donde, en efecto, comencé a estudiar piano en México, más provinciana de lo que Johannes nunca pudiera imaginar, pero él se refería a algo mayor, el estilo de academia de piano, dijo, comienza en las casas de las maestras viejas de los pueblos en donde todos empezamos, pero ese estilo ha llegado ya a apoderarse de todas las escuelas y es el que reina aquí en Viena, en el Conservatorio y en la Hochschule, también en el Mozarteum, y estoy seguro de que también en el conservatorio de tu país, me dijo. Por supuesto, pienso ahora, basta con ese nombre que eligen, conservatorio, para darse cuenta de lo que Johannes llamaba el estilo provinciano, y más, como aquí, cuando encima lo nombran conservatorio de música y declamación. Conservatorio siempre me sonó, le dije a Johannes, a caja mortuoria. Y además, me dijo, lo que implica ese nombre, conservatorio, la idea de un repertorio único y, peor aún, la idea de una manera única de tocar ese repertorio, eso es un conservatorio, dijo, conservar los viejos estilos de Bussoni y Paderewski en un frasco de formol. Pero lo más contradictorio, dijo Johannes, por otra parte lo más terrible, es que en ese mismo conservatorio estudien a quien renegó de esa tradición única, Schöenberg por ejemplo, quien voluntariamente se propuso destruir el modo único de hacer música, y ahora lo estudian también ahí y así lo incorporan a su museo de partituras muertas. O a su catálogo de espectáculos burgueses, agregó Johannes, quien rechazaba casi genéticamente el gusto de los vieneses por la ópera, su costumbre de olvidarse del trabajo del día yendo a escuchar por la noche una infame ópera italiana. Después de Bach, comenzamos a preparar obras de Schumann, ahora sí con el objetivo de incorporarlas al programa de mi examen final. Elegimos la sonata llamada *Concierto sin orquesta*, la *Fantasiestücke* del opus doce y las *Davidsbündler Tänze*. Habíamos ido recientemente a un concierto de Pollini, quien tocó las *Davids*, y ahí nos decidimos, ésta fue, me dijo Johannes, una soberbia interpretación de las *Davids* en el mejor estilo actual, es decir, la ejecución desbocada, ligera y falsamente lírica con la que los mejores pianistas actuales se ganan diez minutos de aplausos de pie y un contrato más jugoso. Comenzamos a trabajar con las *Davids* un poco más lento que lo normal, y Johannes me habló de la vida de Schumann, que yo ya conocía, y me hizo leer a Heine y a Novalis. Pero sobre todo me expuso su idea del paralelismo entre Schumann y el poema en prosa, y me dio a leer a Baudelaire y a Aloysius Bertrand. Probablemente, me dijo, nunca se conocieron, y es casi seguro que Schumann no los leyó jamás, pero esto no se trata de influencias, sino de un paralelismo. Schumann y los poetas en prosa franceses, dijo, pertenecen a dos órdenes distintos, a dos tradiciones lejanas entre sí, pero cada uno hace lo mismo y representa lo mismo para su propia tradición. Ravel, dijo Johannes, tomará el *Gaspard de la Nuit* como pretexto compositivo, pero en verdad es Schumann su par en el orden musical. Sólo puedes entender a Schumann si comprendes, me dijo Johannes, la ruptura que implicaba su libertad compositiva, su método cadencial, que es el mismo método por impulsos fragmentados que descubrió Bertrand para la escritura en prosa. Trabajamos Schumann de este modo, intensificándolo con lecturas y con visitas al Museo de Historia del Arte, un modo en que la agilidad de los dedos dejaba de ser la causa y el destino final del estudio para convertirse en un elemento más de los muchos de los que se componía el carácter profundo de una obra y con los que se armaba la versión propia que, en efecto, uno debía ya ofrecer. Por esos días se anunció un recital de los alumnos más adelantados de la escuela, y con ello, la supuesta oportunidad para mí, me invitaban a participar pese a que yo no había presentado exámenes en el último año. Todo marchaba con tranquilidad, tocaría las *Davids*, pero un día antes del concierto pensé en que llevaba casi dos años sin tocar en público, y sentí de pronto que todo lo que se había acumulado en ese tiempo, las invenciones a dos y tres voces de Bach, todo lo hablado, pensado y leído sobre Schumann, me sería imposible concentrarlo en una ejecución de veinte minutos, me sería imposible compartirlo con nadie. El concierto pasó sin que yo pudiera, en ese momento o ahora, registrar o rememorar ninguna impresión. Sé que mi versión de Schumann motivó algunos comentarios y que en general fue muy bien recibida por el resto de los alumnos. A Johannes le gustó también y me pidió que tomara unos días de descanso, sin sentarme ni un minuto al piano. Nos veríamos a la semana siguiente, no para una clase sino para charlar un poco, pues en unos días más yo iría a México un mes de vacaciones. Pero a la mitad de esa semana, que dediqué a pasear con un amigo alemán, mayor que yo, que había abandonado sus estudios de piano hacía tiempo para dedicarse a promover grupos de música moderna, comenzó el dolor en la mano derecha. Un día me desperté con el dolor, me apoyé en la cama para levantarme y sentí que la mano derecha se doblaba como cartón. Lo atribuí a haber dormido mal, con la mano forzada o aplastada por mi propio cuerpo. Cuando volví a ver a Johannes no sólo continuaba el dolor, sino que era incapaz de sostener un libro con la mano derecha. Johannes me aconsejó no tocar el piano durante esos días finales en Viena y ver a un doctor tan pronto llegara a México. Lo próximo a estudiar sería, dijo, las dos sonatas finales de Schubert, pero ya hablaríamos cuando volviera de México dentro de un mes, ya repuesto. Un día antes del vuelo alcancé a comprar las partituras de Schubert, en aquellas ediciones baratas para estudiantes del tamaño de media hoja carta. Luego de desempacar y ajustarme al cambio de horario me cité con el médico, un ortopedista primo de mi madre. Lo primero que hizo fue explicar el dolor de mi mano derecha como lógico resultado de dedicarme al piano, una explicación estúpida, en efecto, pero que él enunció con tanta seguridad que todo mundo la creyó. Me mandó unas pastillas que no sirvieron de nada. Entonces se animó a practicarme estudios más serios y a tomar radiografías, pero dijo que no había nada extraño, nunca encontró ya no digamos una fisura, ni siquiera una leve inflamación. A pesar de eso me llenó de antiinflamatorios y me prohibió hacer ningún esfuerzo con la mano derecha, lo que, desde luego, incluía tocar el piano, durante tres semanas. El día que venció el plazo me levanté temprano y me senté a hacer un poco de escalas, pero no pude tocar más de diez minutos, desde las primeras notas se anunció el dolor, que rápidamente se convirtió en una especie de calambre que inmovilizaba la muñeca y el dedo pulgar. Le hablé a Johannes para avisarle que retrasaría mi vuelo y me sometí a una fisioterapia con otro doctor, conocido del primo de mi madre, aunque para mí comenzaba a estar claro lo que ya entonces empecé a llamar el problema de la mano derecha. Terminó la terapia y yo nuevamente pude, en efecto, tomar un libro con la mano derecha o sujetar casi cualquier cosa; según el doctor, mi mano volvía a estar capacitada para cualquier movimiento. Y sí, mi supuesta recuperación me daba de alta teóricamente, la ciencia emitía su dictamen de salud, pero al sentarme al piano y comprobar que ciertos giros elementales me resultaban casi imposibles, supe que mi carrera pianística había terminado. Anuncié que me daría tres meses para recuperarme, y que de no ocurrir, abandonaría el piano. Todo el mundo pensó que tres meses serían más que suficientes, pero para mí fue simplemente un modo de suavizar la noticia y no darla de golpe. Durante ese tiempo no sólo no toqué una sola nota, sino que me alejé por completo de la música, guardé mis partituras y mis discos, me olvidé de Schumann y Schubert, así que, al volver a sentarme al piano, ya en octubre, mis manos no respondieron, no sólo la mano derecha, la izquierda también había resentido todo ese tiempo sin practicar. Hubo, en efecto, un desencuentro entre mis manos y las teclas, una sensación de rechazo, como si yo nunca hubiera sabido tocar el piano. Hablé con mi madre y con mis amigos, también le llamé a Johannes para decirle que dejaba el piano, para agradecerle y despedirme de él. Johannes quiso decirme algo, pero la comunicación se cortó y yo no volví a marcar, más tarde recibí una carta suya, un gesto que agradecí siempre porque en ella no intentaba convencerme de no abandonar el piano ni mucho menos, sólo se compadecía de lo que me había ocurrido en los términos menos sentimentales posibles. Bastaron seis meses para que yo dejara de dar explicaciones, para que todo mundo conociera y aceptara mi historia, el problema de la mano derecha, para que todos se resignaran a no verme como la promesa, como el joven talentoso, y en cambio fuera ya para ellos un tipo cualquiera, un adulto vulgar como cualquiera. Mis amigos músicos, como dije, dejaron de buscarme, y eso también lo agradecí, de ese modo me apartaba por fin del pequeño mundo ilusorio de la música clásica e ingresaba en el de la música utilitaria, el mundo real de la música a cambio de dinero. No era ésa, desde luego, la opción que yo habría elegido, pero como ya dije, estaba claro que no sabía hacer otra cosa y que necesitaba ganar dinero. Ahora que ha pasado tiempo hay quien quiere animarme a retomar, aunque sea de modo tangencial, la música clásica, dar clases a niños o jóvenes, quizá dar algunos conciertos sencillos en el ámbito local, y sí, es algo razonable porque yo mismo a veces no puedo soportar el falso jazz y el falso Chopin que toco aquí, yo mismo habría jurado en mi adolescencia no sólo no tocar Ponce ni el Primero de Tchaikovski, sino tampoco tocar nunca, mucho menos, este Chopin de solteronas ni este jazz para políticos exitosos, pero hay una diferencia, digamos, de responsabilidad entre tocar Bach y tocar esto, una diferencia en la que no pueden reparar quienes me animan a botar al señor DH y montar una pequeña academia de piano al mejor estilo provinciano de las academias de piano. Tocar aquí, como ya dije, ni siquiera me lo planteo como tocar el piano, el piano no existe aquí, las partituras no son partituras sino simples indicaciones modificables al capricho, el público no existe, nadie me escucha y no busco nunca que nadie me escuche. Pero tocar Bach, particularmente Bach como ningún otro, me representó siempre el grado de concentración más absoluto que se pueda alcanzar nunca, un estado de concentración en el que no quiero volver a caer, ofrecer Bach a un público, así fuera de dos personas, así fueran las invenciones a dos voces, implicaría para mí una responsabilidad superior a cualquier otra, a trabajar y mantener una casa, a criar unos hijos, si es que los tuviera, y educarlos durante quince o veinte años. Porque además tocar piano, y tocar Bach particularmente, es el trabajo menos remunerado y menos gratificante que pueda haber, preparar durante meses un *Preludio y fuga* de Bach, comprender el sentido de cada una de las voces y las infinitas relaciones entre ellas, decidirse a una interpretación que se olvide del Bach canónico en el que el piano es un imitador del clavecín, saber controlar la presión de un concierto, de un público que estará ahí aguardando un *Preludio y fuga* sin enterarse nunca de los meses en que uno lo estudió, de todo lo que se analizó y se pensó del *Preludio y fuga*, y salir finalmente al escenario y tocar en cuatro minutos el *Preludio y fuga* ante un público que, en efecto y en el mejor de los casos, hubiera preferido un Bach de juguete, de falso clavecín. Eso es tocar el piano, y tocar Bach particularmente, ese supuesto autor de invenciones para estudiantes que es, sin embargo, el compositor por el que se puede medir al verdadero pianista, el compositor que mide la valía de un pianista; el pianista que logre de verdad hacer música con Bach, después puede hacer lo que quiera, y nunca al revés. Por eso, aunque debería hacerlo, no voy a renunciar al restaurante, aquí después de todo soy un trabajador más, en efecto privilegiado, pero uno más junto al cantinero y al lavaplatos. Aquí, a base de tocar durante años una música anestesiada he conseguido olvidarme casi por completo del problema de la mano derecha, no del dolor, que ése desapareció al poco tiempo, sino del problema de la mano derecha, un problema que, tengo que decirlo ya, había tenido antes otras veces, desde la adolescencia, en la mano derecha y también en la izquierda y del que nadie se había enterado nunca porque siempre fue un problema menor, una molestia que siempre desaparecía al poco tiempo y que, en efecto, no me impedía tocar, no me impidió hacerlo nunca, tengo que decirlo, cuando fui al médico primo de mi madre yo sabía ya que no podría curarme con nada, porque nunca fue en efecto nada, pero nadie lo supo porque nadie lo había sabido antes, nadie sospechó que el problema de la mano derecha fue un título que inventé, no muy consciente de lo que hacía, una invención que fui desarrollando poco a poco, asimilándola hasta ya no tener que actuar para sostenerla, porque se había convertido, al fin, en un problema real, la puerta de salida del mundo ilusorio y falso de la música clásica, la salida que al fin había yo encontrado. Creo que sólo Johannes llegó a intuir medianamente la realidad del problema de mi mano derecha, algo en el tono antisentimental de su carta me lo hizo suponer, pero en todo caso Johannes habría sido también el único que hubiera comprendido mi estrategia sin pedirme cuentas, en parte creo que por eso cerró tan de tajo la comunicación entre nosotros, no sólo porque no tenía caso ya mantener el contacto con un alumno que abandonaba los estudios, sino porque creo que en cierto sentido imaginó el trasfondo de mi problema de la mano derecha y supo, como ningún otro pudo haberlo sabido, que de ese problema, del verdadero problema, no había más que hablar. Sólo él habría comprendido que yo tenía una pregunta, *¿cómo puedo yo realmente tocar esto?*, a la que no podía responder. Después del recital de alumnos en que toqué las *Davids* de Schumann, esa pregunta transparente y elemental me abordó sin que pudiera olvidarla o darle respuesta nunca, ¿cómo puedo yo tocar esto?, es decir, cómo se puede soportar la responsabilidad de llevar una idea, la idea honda y cien veces meditada y madurada de lo que debe significar la ejecución de una obra, las *Davids* por ejemplo, cómo llevar esa idea a la práctica, llevarla al piano ante un público por mínimo que sea. Llevar esa idea al piano, lo comprendí entonces, requería de un fingimiento superior, un fingimiento tal que uno podía, en efecto, olvidar que el resto de la vida continuaba ahí fuera, como siempre. Cómo puedo yo realmente tocar esto, comencé a preguntarme todo el tiempo, al sentarme a estudiar, incluso al encarar una partitura nueva. Y sólo pude responderme que quizá el talento descansaba también ahí, el talento que se cree detectar en los niños para la música debe consistir entonces, pensé, no sólo en la agilidad de los dedos y en el buen oído, pensé, sino en la capacidad que uno tenga para responder esa pregunta o, en todo caso, para no llegar a planteársela nunca. Entonces apareció con brillante puntualidad el problema de la mano derecha, como desde el principio comencé a nombrarlo, que me hizo descubrir más tarde que en un restaurante como éste, con un público como el señor DH y sus amigos, la pregunta puede, en efecto, irse diluyendo. Ha comenzado a faltar el whisky, mis manos ansían el contacto del hielo y creo, como ya dije, que todo es signo de un mal día, un día ideal si supiera en verdad para qué renunciar.

Heriberto Yépez

CC

Los cuentos fueron inventados por norteamericanos. El cuento, tal como lo conocemos, es invención de Edgar Allan Poe. De un gringo alcohólico, de un hombre que probablemente estaba mal de la cabeza. Un neurótico. Lo mismo podríamos decir de los grandes cuentistas norteamericanos ulteriores. El mismo Cortázar sabía que el mejor cuento del mundo era "The Killers", de Hemingway. Un paranoico. ¿Qué cosa hizo Hemingway en su vida? Promover el asesinato de toros, aplaudir guerras, idealizar la bebida, volarse los sesos y… fortalecer el cuento. Hemingway era un neurótico. Otro alcohólico norteamericano. ¿Y qué decir de Bukowski? Otro. Drunks. All of them.

Y otro y otro y otro. Clonación. De eso se trata. De eso. De otro y otro. De eso se trata. Ok? (It's Raunchy Rachel Again!)

Poe, Hemingway, Bukowski: los "grandes" del cuento. ¿Qué tienen en común estos tres idiotas? Pues que son americanos, claro. Claro, ¿qué más podría ser? The hell with them. "Podemos sin ellos" debería ser nuestro lema. Nuestra patada de ahogado. The Last One Before Mexico City Falls Again. (No I.D. required.) (No cover.) (Free Drinks.) (Ladies Night.) (See the Donkey Show.) (Burroughs era un burro.) (Si Burroughs no hubiera matado a su esposa mientras residía en el DeFe, se hubiera logrado nacionalizar, y entonces Burroughs sería el más grande escritor mexicano.) (Monsiváis hubiera tenido que reseñarlo.) (Take that Mexico City!) (Ajúa!)

Ni siquiera la Gran Pirámide podrá evitarlo. Los mexicanos seremos americanizados y algún día las pirámides serán parte de un parque de diversiones y quienes las visiten le explicarán a sus hijos que esas grandes pirámides son ya sea reproducciones de hoteles de Las Vegas o reproducciones de cierto parque de diversiones de Egipto, que cuenta con un atractivo parecido.

¿Acaso se necesitan más pruebas de que el cuento como género moderno es creación principal de varones norteamericanos alcohólicos, desequilibrados, mamones, assholes, machistas, culeros, motherfuckers, almost redniks?

Los cuentos quieren ser creídos. Así de sencillo. Ésta es la razón primordial de que huelan a podrido. La verosimilitud me parece un truco totalmente infantil, propio de decadentes. ¿Por qué a los lectores les encanta entrar en mundos creados? ¿No será que su vida es tan patética que buscan a toda costa huir de ella? Los cuentos son para los débiles, para los que no soportan esta realidad y tienen que huir a otra. (¿Alguien dijo Nietzsche?) (Bueno, es que Nietzsche es el momento más mexicano del pensamiento moderno.) (El momento en que alguien por fin decidió ponerle chile a la filosofía.)

That's the deep reason why I don't like to write short stories. They make me sick. They make me become an American. "Short stories" hacen que brote ese particular demon that drives Americans. "Men." Un cuento no es una forma de comportarse como autor, es mover personajitos para asombro de unos lectores pasivos. The same spirit which is released by that mental region and cultural semantic field and individual psyche called "short stories" is exactly the same ghost that runs (rules!) the world right now. Get it?

It also happens to you, but you think that's something you don't have to worry about just because you are somewhat more distant from the U.S. than I am, but guess what? It's now the same shit for everybody. Now everybody is an American. You think your writing comes from Europe, from the beautiful France? Yeah right.

Baudelaire? That's your French Father? C'mmon!

Don't make me laugh. Baudelaire comes from Poe. Duh! Do I need to tell you more?

Look at you. You're writing like Carver. Either you're writing like Carver or you're writing as the Boomers that were born thanks to somebody like Kerouac or Faulkner. Los pinches gachupines, the Great Conquistadores, los españoles, those pinches chicanos are the ones to blame. Ellos tienen la perra culpa. Los españoles son igual de vendidos que los chicanos. Unos por traducir y adorar a los autores americanos y los otros por creerse mexicanos. (Plop.)

Anagrama y los Taco Shop Poets son igualmente culpables. Y los Boomers (García Márquez viene de Rulfo, y Rulfo no es más que pura lectura norteamericana.) (Y ustedes presumiendo que el mejor autor mexicano, el más "mexicano", Don Rulfo, El Silencioso, el alcohólico, era nuestro más grande orgullo, ¿no? Rulfo era un gringo wanna be de la escritura. Es Faulkner. Por eso detesto al Boom. Nada más mirad a Vargas Llosa y Carlos Fuentes. Nada más miradlos. They are Americanitos.

Sigan pues hablando de la oralidad mexicana de Rulfo. Pero tendremos que darnos cuenta de que eso lo inventaron los norteamericanos. En el verso lo inventaron DJ WCW y Pound, estos dos assholes hablaban de la cuestión del American speech. Ese maldito orgullo lo obtuvieron de Whitman, su papacito. ¿Suponen que Rulfo sacó todo de los pueblos, de la Cristiada, etcétera? Lo sacó de Faulkner. Por eso iba a los pueblos. Por eso Rulfo iba a los pueblos, porque viajaba como gringo que le gusta ver y escuchar a los "Indios" para luego hacer Mexican Curious lingüísticos. Fuck al Regionalismo Big Time. Eso no fue la causa de Rulfo. Rulfo viene de los U.S.

Rulfo fue un gringo.

Por eso mismo García Márquez les encanta a los lectores del norte. Magical Realism and that stuff. Literatura para Martha Stewart. Books Oprah would love. Oh she would, trust me. Guadalupe Loaeza sería un hit en un programa de NBC por la mañana.

Y si no es su realismo mágico es su McOndo. Fuguet *et al*. La misma cagada agringada. The same nachos con queso amarillo de la literaturización. El grado Mac de la escritura. Por eso Fuguet terminó admitiendo que admiraba a García Márquez y quería ser como él. García Márquez es el norteamericano que controla el mainstream de la literatura colombiana. Pero Caicedo es básicamente lo mismo. Así que pueden quedarse en su underground sudamericano por lo que a mí toca. ¿Y qué de Fernando Vallejo? Same all, same all. Tendrá que faltar a su promesa de no volver a escribir. Es un literato.

Si yo fuera colombiano también me la pasaría drogado (aunque sea con bazuko) y también estaría mandando toneladas y toneladas diarias de cocaína directamente a Miami y a través de la frontera mexicana con Estados Unidos, yo también estaría haciéndolo en venganza de que Colombia también está siendo americanizada desde sus medios y gobierno hasta sus literatos. Así que con todo y guayaba, García Márquez y su némesis, el joven rimbaudiano Caicedo, son igualmente la misma vaina: la escritura ya tiene su grado papaya.

El problema comenzó antes de ellos, incluso. Comenzó antes aun de José Agustín (la Onda), (imaginarse como "beatniks") (la "contracultura") (¿para qué sirvió María Sabina?). (Sirvió para alimentar las extravagancias pequeñoburguesas de los hippies) (Por eso la descubrió Wasson.) (Un banquero gabacho.) (María Sabina sabía más palabras en inglés que en español.) (De eso platicaba con Peter.) (Él me lo dijo.) (Habló con ella en Huautla a principio de los ochenta.) (Peter siempre habla conmigo de eso porque supone que eso le gustará a Margaret, porque ella una vez dijo ante los tres que le gustaría probar hongos. Peter quería impresionarla.)

El problema comenzó antes de Donoso. Antes de Cabrera Infante (el Joyce de los cubanos, el mismo que por culpa de Castro se terminó convirtiendo en un europeo). (Como tantos otros escritores latinoamericanos que se exiliaban en Europa, iban a mamar de esa teta para poder concebirse como escritores.) (¡Oh paradoja! Los escritores latinoamericanos deciden *servir* a la nación para volverse diplomáticos y escapar del país!) (Pero ese tiempo ya pasó.) (Ahora tendremos que mudarnos a Estados Unidos.) (O vivir bajo su dominio mundial y su cultura para poder ser literatos.) De eso se trata el realismo sucio internacional. Becoming machos American style. Y todas las demás corrientes. De Pedro Juan Gutiérrez a Jaime Bayly y de la ciencia ficción a Isabel Allende. Piensan como norteamericanos. Lo confieso.

Pero el problema no nació con nosotros. El problema proviene incluso de antes. Reyes y Borges querían creer que derivaban de ingleses, o de franceses derivados de Baudelaire. Reyes se ocultaba eso haciéndose creer que venía de los griegos, pero no. Se engañaba.

Venía de los norteamericanos. Lo mismo Borges.

Borges quería creer que él procedía de Cervantes (¿y no quiere además su nieve de limón, Mr. George?). Borges no procedía de filósofos alemanes (¡ay Schopenhauer, cómo te amo!) (¡uy sí, eres mi inspiración!). Pura y nada más que pura literatura fantástica borgeana es todo eso. Borges viene de Poe, es otro de sus súcubos. Sus coqueteos con Kafka son parte de su cortina de humo. El mismo Kafka lo sabía: América era su destino. Kafka supo primero que nadie que todos seríamos norteamericanos en algún momento del siglo XX o poco después. De eso se tratan sus novelas. Del modo en que Europa iba a decaer y Occidente llegaría a las guerras y su autodestrucción conduciría al dominio de Estados Unidos, el hijo chafa de Europa.

América sería el último lugar donde el ser europeo iba a perderse y no volver a dar consigo.

Kafka es el momento en que la literatura dejó de ser el retrato de su época para pasar a ser premonitoria de los entornos que habitaríamos en el futuro. (Me niego a creer que la literatura es superior a la "vida", a pesar de que estoy convencido de que el sexo imaginario es siempre mejor que el sexo real.) La literatura fue elaborada para hacer que los lectores fantasearan. Por eso hay que abolirla. Incluso a Kafka. Por eso no escribo narrativa y por eso mismo es que me quitaron el trabajo en la universidad.

Los primeros semestres comencé hablando del metadiscurso y todo iba bien. Incluso era considerado uno de los mejores profesores (a pesar de mi relativa juventud) en la facultad de Filosofía y Letras. Por eso el maestro brasileño me odiaba, por cierto. Dejó de saludarme porque me asignaron la clase de metafísica cuando se murió Gilberto. Tenía veinte años más que yo y había estudiado en Duke, pero aun así yo era un maestro más popular. Además, el brasileño me había dado el seminario de Ancient Poetics y yo nunca supe mucho del mitote del chipotle de Aristotle.

Pero del metadiscurso pasé a decir en clases que escribir cuentos nos convertía en varones norteamericanos y, por lo tanto, había que dejar ese género atrás. Decían que estaba paranoico, que deliraba. Yo fundamentaba mi teoría en el pizarrón. (¿Pueden concebir esa patética imagen?) (Aquí habló mi "metadiscurso".) (The Great Enchilada.) (The Big Tamale.) Escribir cuento es la historia de cómo, gracias a esa frase, Carmen se hizo mi amante. La conquisté con antiyanquismo barthesiano, Foucault & *Vuelta*. Poder a través de las referencias, la intertextualidad, la deconstrucción (Derrida derrite a las chicas) y Virilio (muy viril ese hombre, no cabe duda) y de toda la nómina. (Al borde de un ataque de Bourdieu.) La Banda de las Grandes Cacas.

Los Posmos.

Aquí les va lo que Walter Benjamin tiene que decir del cuento y la americanización:

"El arte de la narración está tocando a su fin... '...el hombre contemporáneo ya no trabaja en lo que no es abreviable' (Paul

Valéry). De hecho, ha logrado abreviar la narración. Hemos asistido al surgimiento del "short story" que, apartado de la tradición oral, ya no permite la superposición de las capas finísimas y traslúcidas, constituyentes de la imagen más acertada del modo y manera en que la narración perfecta emerge de la estratificación de múltiples versiones sucesivas."

Después, sin embargo, quise ir más lejos en la clase, y entonces comencé a predicar acerca de cómo leer cuentos constituía en sí mismo una estupidez. Si los que los escribían eran gringos-que-no-lo-saben, los que lo leían no eran más que retardados mentales sobreeducados que gozaban de ser adormecidos de su realidad circundante para durante unos minutos u horas (porque hay lectores que incluso devoran los libros enteros) adentrarse en un mundo irreal. "A eso yo le llamo jotería, le llamo a eso, a eso le llamo *pequeñoburguesía*, rapto cristiano o romántico. El lector de la ficción, ensueña. La literatura es una ensoñación, una vil y barata ensoñación de las clases cultas o semicultas, los llamados lectores", les decía parado detrás del escritorio. No me gusta sentarme.

Prefiero dar clases parado.

Es por ello mismo por lo que ahora ya no me dieron clases este semestre en la universidad y es por lo mismo que luego mi familia me llevó a la clínica. Cada vez que hablo con el psicólogo para el chequeo mensual, le pido que no me pida sentarme. No me gusta sentarme.

Prefiero recibir terapia parado.

"No me gusta sentarme", con ese tipo de frases fue como Margaret (enfermera en ese momento) me ayudó a engañar a los doctores para que me dejaran salir de la clínica y sólo asistir a terapia, pero ya viviendo otra vez en mi casa. Margaret y yo nos conquistamos. Ella estaba sola y quería un hombre inteligente y yo estaba ahí adentro y además a ella le gustaba Woody Allen y yo había leído a Woody Allen y yo era mexicano y todo eso, y no había problemas, Margaret, a pesar de ser yo mexicano (y desequilibrado) (como si no fuera suficiente aquel Deal de las Pirámides, yo era además mexicano, what?), a pesar de ello, Margaret y yo forzosamente íbamos a hacer perfect match. A match made in heaven.

¿Qué más? ¡Éramos personajes de un cuentista! Por eso odio los cuentos, los odio, los odio casi tanto como a los norteamericanos y a los mexicanos y al resto del planeta, exceptuando las bases espaciales. Adoro a la NASA. Es parte del gobierno gringo, pero es la única esperanza de poder huir de la Tierra.

Los norteamericanos, con tal de seguir haciendo negocio, terminarán descubriendo la forma de que los humanos viajemos a otros planetas. Muchos humanos terminarán quedándose a vivir allá. La raza humana hasta ahora se ha mantenida pura. Se caracteriza por ello. Todas sus religiones hablan de la Pureza. De eso se tratan todas, ¡de eso! Lo mismo las filosofías, esas religiones precoces para incrédulos terminales.

No cabe duda: lo sé Todo. Margaret siempre critica esta tendencia mía.

Disorder	Rating
Paranoid	Very High
Schizoid	High
Schizotypal	Low
Antisocial	Moderate
Borderline	Moderate
Histrionic	Low
Narcissistic	High
Avoidant	High
Dependent	Low
Obsessive-Compulsive	Very High

Esta perorata me confunde. En lugar de hacer esto debería estar escribiendo un cuento que se supone que tengo que entregar en dos semanas para un libro. Necesito los honorarios que me van a pagar los editores para pagar la terapia de este mes. Ya no me la está pagando mi familia ni tampoco el Estado. Pero no puedo concentrarme en ese cuento porque estoy esperando a Margaret y me parece muy extraño que todavía no haya llegado.

Me gustaría que pudieran ver lo que hacen mis manos mientras narro. Pero no pueden verlo. No estamos juntos. Esto es una página. Esto es un espejo para inmovilizados.

¿Por qué no llega Margaret? ¿Me estará engañando? ¿Estaré engordando? I'm less attractive to her now? En la clínica estaba flaco. Pero los tiempos, afortunadamente, están cambiando. Además, le he explicado a ella que no tener un compañero guapo es el precio que tiene que pagar por vivir con un hombre que supone que los que hacen de su cuerpo una central de goce (vida contemplativa, sabios vicios, comida, cerveza, vida laboral no-física) terminan arruinando su carne.

Cuando le digo esto, Margaret sonríe. A pesar de ser su amante, le simpatizo.

Ella ya aprendió español. Ella me ayudará a escribir el cuento. La parte en inglés será suya. De hecho, el cuento ya está listo. Por eso no me preocupa hacer otro. Entregaré el texto que hicimos entre los dos. O, mejor dicho, que ella misma escribió, y luego revisé.

Ella, además, corrigió el texto definitivo. Mi español. (¡Oh, mi capitán!) Yo suelo repetir muchas palabras y tener errores gramaticales. Llevo años que no leo sino inglés y que casi nunca escribo en español. Por eso Kozer me cae bien. Vivió allá muchos años y nunca usó en sus textos una sola palabra en inglés; al contrario, cada vez utilizó más y más español de todas partes. Pero a otros nos ha sido difícil hacer eso. Es una mierda ser inmigrante.

Y por eso ella me corrige el estilo. Margaret, en realidad, debería firmar este texto. A ella le plagié todo esto. Y luego, como cinismo final, lo reescribirá. Pero ella lo sabe. Le gusta reírse conmigo al respecto. Margaret no tiene aspiraciones literarias. Le gusta el cine y es bastante inteligente, pero era solamente enfermera. (Ya no lo es.) (La corrieron después del escándalo.) (El sábado que tuvimos la cena, hablábamos de eso con Peter y Rachel.)

Y por eso no me importa que mis cuentos, en realidad, los escriba prácticamente ella. No me gustan los cuentos. Los detesto.

Creo que a Rachel eso es lo que le gusta de mí.

Le decimos Raunchy Rachel los cuatro porque a Peter le encanta que Rachel se ponga borracha con cerveza Guiness y entonces nos cuente sus experiencias swinger con su ex esposo quince años más grande que ella.

Margaret ya se dio cuenta de que yo le gusto a Rachel. Margaret dice que eso sucede porque Rachel es swinger todavía y dice que por eso ella y Peter siempre que tomamos juntos terminan hablándonos de alguna de las experiencias swingers que tuvo Rachel con su "ex esposo".

Margaret dice que tal "ex esposo" nunca existió; es su forma de ponernos calenturientos.

Pero yo sigo pensando que a Rachel le atraigo por frases como esta: "Tomar drogas es parte de un experimento inconsciente de la raza para atrofiar el cerebro e ir hacia lo post-humano, la Modificación", y las digo en plena conversación. Qué falsedad. Obviamente, oculto que más bien las tengo memorizadas. Pero si dijera eso, la seducción decaería. En el fondo los cuatro somos intelectualoides. Y eso es lo que le gusta a Rachel de mí. Estoy seguro. Ella cree que así hablo porque Spanish is so much more *grandilocuente*. So heroic.

A pesar de esta seducción mutua, yo no cedo. Rachel es una norteamericana. Y en el fondo la desprecio por eso. Sin embargo, me encanta. Es todo lo que quiero. Es hermosa, young like me y, sobre todo, inteligente. (Peter is too old for her. Si hablaba con Sabina en los ochenta, Peter, entonces, debe estar viejo.)

Rachel me gusta por las mismas razones que Margaret me gustó. Así que para mí, ellas podrían ser intercambiables. Yo sé que a Rachel le gusta, inevitablemente le gusta, el hecho de que casi nunca me siento.

Prefiero hacer el amor parado.

Y si estamos en un bar, me quedo parado en la barra, y si estamos en alguna casa, busco la manera de recargarme solamente o sentarme sólo por ratos. Y es entonces cuando ella me pregunta por qué casi no me gusta sentarme y entonces le explico y comienzo a rastrear todas las razones y forzosamente termino hablando de la escritura.

—You're right. We are all characters —she said one time. Pero eso que dijo es lo que no me deja querer realmente meterme con Rachel. Eso que dijo me molestó, me pareció un lugar común. Ni siquiera en las universidades he escuchado algo tan tonto y tan corny. Y cada vez que recuerdo eso, se me muere una buena parte de mi libido hacia ella. Y por eso sigo con Margaret. Y por eso también dejo que Margaret escriba mis cuentos. Porque Rachel no me interesa. Y no me interesa que Margaret ya lo sepa.

No me interesa que Margaret lo sepa, porque no me interesan los personajes. Siempre encuentro maneras de negarme a escribir un cuento. Vamos hacia otra etapa. Lo humano ya está terminando.

Los autores

Tatiana Buch (México, D.F., 1974) es abogada, profesión que ha abandonado para dedicarse a la escritura. Pasó el año de 1999 en Mérida, investigando la época del auge henequenero en Yucatán. "Tarciso Cantón" forma parte del libro de relatos que escribió al finalizar su investigación. Fue becaria del FONCA en el periodo 2001-2002 en el género de cuento. Actualmente, escribe su primera novela, es colaboradora de la revista *Arcana* y crotalista del movimiento poético *Trovadores de Juan*.

Nicolás Cabral (Córdoba, Argentina, 1975) es narrador, ensayista y crítico. Con su familia, que huía de la dictadura militar instalada en su país de origen, llegó a México en 1976. Entre 1990 y 2001 fue guitarrista y compositor en distintos grupos de rock. Arquitecto por la Universidad de Guanajuato, ha realizado trabajos de crítica y diseño arquitectónicos. En 1998 fundó con José Antonio Chaurand la revista de arte y pensamiento *La Tempestad*, de la que es director editorial desde entonces. Fue coordinador de la Escuela Dinámica de Escritores, que dirige Mario Bellatin. Colabora regularmente en *Arquine*, *Hoja por hoja* y *Letras Libres*, entre otras publicaciones.

Alberto Cascante (México, D.F., 1970) es egresado de la escuela de escritores de la SOGEM. Fue becario del FONCA en el periodo 2001-2002 en el género de cuento. Actualmente es editor de la página literaria *razonar.com* en internet.

ALBERTO CHIMAL (Toluca, 1970) es narrador, dramaturgo y ensayista. Ha cursado la maestría en literatura comparada en la UNAM y el diplomado de creación literaria en la SOGEM. Entre otros reconocimientos, ha ganado el Premio Nacional de Cuento San Luis Potosí 2002 por el libro *Éstos son los días*, que está por aparecer publicado por ediciones ERA. Otros libros suyos son *El rey bajo el árbol florido* (cuento, 1996), *El secreto de Gorco* (teatro para niños; CNCA-Corunda, 1997), *Gente del mundo* (minificciones; CNCA-Tierra Adentro, 1998), *El ejército de la luna* (cuentos; tunAstral, 1998) y *El país de los hablistas* (cuentos; Umbral, 2001). Colabora en diversas publicaciones e imparte cursos y talleres de literatura. Cuentos suyos han sido antologados en las ediciones de 2000 y 2001 de *Los mejores cuentos mexicanos* (Joaquín Mortiz).

BERNARDO FERNÁNDEZ *BEF* (México, D.F., 1972) es escritor y monero. Fue formado en una familia de ideas modernas y deformado en los colegios de los hermanos maristas. Es diseñador gráfico por la Universidad Iberoamericana. Ha publicado los libros *Error de programación* (ciencia ficción infantil, mención honorífica en el concurso de cuento de la FILIJ; Corunda-CONACULTA, 1997), *Ciudad Interfase* (cuentos; Times Editores, 1998) y *Cuento de hadas para conejos* (Alfaguara Infantil, 2001). Es coeditor y director de arte de la revista anual *Sub*, dedicada a los subgéneros y la literatura fantástica. *Gel azul*, su primera novela, ganó la primera mención del concurso Vid de novela de ciencia ficción en 2001. Como caricaturista político publicó en los periódicos *El Universal* y *El Día*, así como la revista *El Chahuistle*. Actualmente se reparte entre la escritura, su despacho de diseño gráfico, la pintura y mantener a flote Monorama, su proyecto anual de comics.

JULIETA GARCÍA GONZÁLEZ (México, 1970) es narradora, articulista y editora. Ha sido editora de *reforma.com*, coordinadora editorial de *Origina* y editora de cultura de *Etcétera*. También ha colaborado como editora *free-lance* para *El Ángel* de *Reforma* y la UNAM, entre otros. Actualmente trabaja en la revista *Trave-*

sías. Ha colaborado en distintas publicaciones, entre las que destacan *Letras Libres*, *Cambio*, *Reforma*, *El Huevo*, *Unomásuno*, *Milenio Diario* y *La Jornada*.

VANESA GARNICA (México, D.F., 1971) estudió en la escuela de escritores de la SOGEM. Comenzó también la carrera de letras hispánicas en la UNAM, pero cumplirle al Sistema Abierto la derrotó y abandonó los estudios a la mitad. Publicaba una columna dominical en *El Nacional* llamada Urbanhistorias. Tiene una novela titulada *Pliego de mortaja*, bautizada así en algún momento de solemnidad, prologada (aunque inédita) por Vicente Leñero. También escribió un guión para largometraje titulado *Sábado de Gloria*. Ha trabajado en cine y teatro y también ha escrito cuentos para niños. Fue becaria del FONCA (2002-2003) en el género de novela.

MARÍA JOSÉ GÓMEZ (México, D.F., 1976) estudió lengua y literatura hispánicas en la UNAM. En 1998 obtuvo la Beca Russell para cursar estudios sobre literatura inglesa en la Universidad de Toronto, donde pasó mucho frío y probó todo tipo de comida asiática suculenta. Ese mismo año ganó el primer lugar en el Concurso de Cuento Corto de Casa del Lago. Dio clases por un año hasta que ingresó al Programa de Formación de Traductores del Colegio de México (generación 2000-2002). Ha publicado relatos en revistas universitarias, en *La Jornada Semanal*. Un texto suyo está incluido en *Los mejores cuentos mexicanos. Edición 2001* (Joaquín Mortiz).

JUAN JOSÉ GUTIÉRREZ P. (México, D.F., 1976) ha tomado desde 1998 cursos y talleres de creación literaria (Museo Universitario del Chopo, Instituto Mexicano de la Juventud y Secretaría de Hacienda). Ha publicado en los fanzines *La Encrucijada* y *Chaneque*. Actualmente combina su labor de escritor con su trabajo en un local de videojuegos.

JORGE HARMODIO JUÁREZ nació en Mexicali en 1972, pero como creció en Ecatepec no tiene acento norteño. Ha publicado poco (especialmente si se compara con Balzac), notablemente cuentos en las revistas *Viceversa, Generación, Punto de Partida* y *Cham-*

pú no más lágrimas. Vive en París, pero esto se corregirá en cuanto termine los estudios de doctorado en ingeniería lingüística que realiza en la universidad de Paris-Sorbonne. En su cajón guarda una novela inmaculadamente inédita, otra en proceso de cocción y una agenda con nombres y teléfonos de sus lectores. A todos los estima mucho, sobre todo a esa especie en extinción que sabe resistir hasta el punto final.

JULIÁN HERBERT nació en Acapulco en 1971, pero ha vivido en pueblos y ciudades de Coahuila desde la infancia. Es autor, entre otros, de los libros de poesía *El nombre de esta casa* (Tierra Adentro, 1999 y 2002) y *La resistencia* (Filodecaballos, 2003), y del volumen de relatos *Soldados muertos* (ABRApalabra, 1993). Ha colaborado, entre otros medios, en *La Jornada Semanal*, *Sábado* de *Unomásuno* y el suplemento *Babelia* de *El País*. Ha sido becario del FONCA en dos ocasiones en el género de poesía en los años 1999-2000 y 2001-2002. Es vocalista del grupo de rock Las Madrastras.

FERNANDO DE LEÓN (Guadalajara, 1971) es autor de los libros *La estatua sensible* (Tierra Adentro, 1996), *La obscuridad terrenal* (Universidad de Guadalajara, 2001) y *Cárceles de invención* (Arlequín-Universidad de Guadalajara, 2003). Es fundador de la revista independiente *El Zahir*. Obtuvo el Premio Nacional de Cuento de San Román en Campeche en 1995. Ha sido becario del FONCA en el género de cuento en 1997 y en 2001, y del Fondo Estatal para la Cultura y las Artes (Guadalajara) en novela en 1998. *Los mejores cuentos mexicanos. Edición 2003* (Joaquín Mortiz, 2003) contiene, entre otros libros, parte de su obra seleccionada.

ÓSCAR ALEJANDRO LUVIANO (México, D.F.,1968) hizo estudios de bioquímica y en la escuela de escritores de la SOGEM. Ha sido guionista de televisión, editor y articulista. Rigurosamente inédito, actualmente vive en Argentina, donde combina la escritura de su primera novela con las labores del hogar.

TRYNO MALDONADO (Zacatecas, 1977). Narrador. Cursó estudios en música contemporánea. Es articulista y subdirector de la revista literaria *Finisterre*. Ha publicado el libro de cuentos *Te-*

mas y variaciones (edición de autor, 2002). Actualmente es becario del FONCA en el género de cuento. Su primer novela, *Diávolo*, está próxima a publicarse.

FABRIZIO MEJÍA MADRID (México, D.F., 1968) es licenciado en estudios latinoamericanos por la Facultad de Filosofía y Letras de la UNAM. Ha publicado una novela, *Erótica Nacional* (Cal y Arena, 1992), los libros de crónicas *Pequeños actos de desobediencia civil* (Cal y Arena, 1996) y *Entre las sábanas* (Cal y Arena, 1995). En 1994 obtuvo el Premio Mont Blanc de crónica cultural. Durante cinco años escribió la columna "Tiempo Fuera" del suplemento *La Jornada Semanal* del diario *La Jornada*. Actualmente es colaborador semanal de la revista *Proceso* y de las revistas *Letras Libres, Gatopardo, Milenio* y el periódico *Reforma*. En México, la editorial Aldus, y en España, la editorial Laia, publicarán simultáneamente su segunda novela, *Viaje alrededor de mi padre* en octubre del 2003.

WILL RODRÍGUEZ (Mérida, 1970) es narrador y ensayista. Es licenciado en ciencias de la comunicación por el Instituto de Ciencias Sociales de Mérida y ha sido becario del Fondo Estatal para la Cultura y las Artes (Yucatán) en 1997-1998 en el género de cuento. Entre otras distinciones, obtuvo el Premio Estatal de Literatura con "Volvamos los ojos al mar" (cuento, 1999). Ha publicado *Catarsis de mar* (La tinta del alcatraz, 1997), *Sueños de agua* (Letras de Pasto Verde, 1998), *Supervivencia del insecto* (Tintanueva Ediciones, 2000) y *La línea perfecta del horizonte* (Tierra Adentro, 2000). Colabora en revistas y suplementos culturales del país. Radica en la ciudad de México, desempeñándose profesionalmente en los campos de la edición y la promoción cultural. Es integrante del taller literario del escritor Guillermo Samperio.

EDUARDO ROJAS REBOLLEDO (México, D.F., 1970) estudió historia en la UNAM y en la Universidad de Santiago de Compostela. Ha sido redactor de la revista literaria *La Rosa Náutica*; director editorial de la revista *Epitafios: otra historia*; y codirector del suplemento cultural *Revista Mexicana de Cultura* del periódico *El Nacional*. En 1995 fue becario del Instituto Nacional de Bellas

Artes y en 1996 del FONCA, ambas en el género de novela. Ha publicado los libros *De luces y sombras* (cuento, 1994) y *El Cid entre líneas* (ensayo, 1997); próximamente editará la novela *La ruta del Aqueronte*. Actualmente vive en Galicia, coordina un taller literario en la ciudad de Porriño (Pontevedra) y es colaborador de la *Revista de la Universidad de México*.

PEPE ROJO (Chilpancingo, 1968) es licenciado en ciencias de la comunicación y ha publicado la novela *Punto cero* (2001, Times Editores), el libro de cuentos *Yonke* (uno de los relatos obtuvo el Premio Mensajero 1996; Times Editores, 1998) y una *plaquette Ruido Gris* (Premio Kalpa; UAM, 1996). Es fundador de Editorial Pellejo, en donde ha editado las revistas *Número X* y *Sub*. Editó también la revista *Golem*. Pertenece al consejo editorial de la revista *Complot Internacional*. Coproductor y codirector de la intervención urbana "Tú no existes", que consistió en pegar 13 mil posters y regalar 15 mil calcomanías en siete ciudades de la república. Ha trabajado en televisión, multimedia y docencia. Desconfía de los lunes.

KYZZA TERRAZAS (Nairobi, Kenya, 1977). Es licenciado en filosofía por la UNAM y autor de *El primer ojo* (Ediciones Sin Nombre, 1997). Ha colaborado con ensayos y cuentos en *La PusModerna, Complot, Moho, La Jornada Semanal* y los suplementos literarios de *Unomásuno* y *Crónica*. Actualmente vive en Nueva York, donde estudia una maestría de cine en la Universidad de Columbia.

SOCORRO VENEGAS (San Luis Potosí, 1972). Ha publicado los libros de cuentos *Habitación* (Ayuntamiento de Cuernavaca, 1995), *La risa de las azucenas* (Tierra Adentro, 1997 y 2002), *La muerte más blanca* (Instituto de Cultura de Morelos, 2000) y *Todas las islas* (Premio Nacional de Cuento "Benemérito de América" 2002, Universidad Autónoma Oaxaca, 2002). Durante dos años dirigió el suplemento cultural de *La Jornada* de Morelos. Fue becaria del Centro Mexicano de Escritores (2001-2002) y del Fondo Nacional para la Cultura y las Artes en los géneros de novela y cuento (1997-1998 y 2000-2001, respectivamente). Obtuvo la beca de intercambio de residencias artísticas México-Estados Unidos para realizar una estancia en el Writers Room de Nueva York en 2003.

GABRIEL WOLFSON (Puebla, 1976) es autor de *Muerte sin fin: el duro deseo de durar* (ensayo; Universidad Veracruzana, 2000) y *El pozo de los deseos* (cuentos; Universidad Autónoma de Puebla, 1997). Ha colaborado en *DosFilos*, *Crítica* y *La Jornada Semanal*. Algunos textos suyos han sido seleccionado en *Los mejores cuentos mexicanos* (Joaquín Mortiz) en sus ediciones 2001 y 2002.

HERIBERTO YÉPEZ (Tijuana, 1974) es autor de *Por una poética antes del paleolítico y después de la propaganda* (Anortecer, 2000), *Ensayos para un Desconcierto y alguna Crítica-Ficción* (ICBC, 2001), *Escritos heteróclitos* (ICBC, 2002), *Luna creciente. Contrapoéticas norteamericanas del s. XX* (Cecut-Conaculta, 2002), *Todo es otro. A la caza del lenguaje en tiempos light* (Tierra Adentro, 2002) y *Cuentos para oír y huir al Otro Lado* (UABC-Plaza y Valdés, 2003). En próximas fechas aparecerán las novelas experimentales *Matasellos* y *41 clósets*. También es autor del minilibro *Babellebab. Non-poetry on the End of Translation* (Duration Press, 2003). Ha obtenido una decena de premios, entre ellos el premio Nacional de Ensayo Abigael Bohórquez (2001). También ha participado con proyectos de arte público visual en el Festival de la Frontera (1998), Insite (2002) y exhibiciones como Diagnósticos Urbanos (2003). Cada vez que puede actualiza su sitio de Internet (www.hyepez.blogspot.com) y actualmente vive en Tijuana, el gran amor de su vida.

ÍNDICE

Nuevas voces de la narrativa mexicana
se imprimió en los talleres de
Litográfica Ingramex, S.A. de C.V.
Centeno núm. 162
Colonia Granjas Esmeralda
México, D. F.

Impreso y hecho en México
Printed and made in Mexico